庭に一本《ひともと》なつめの金ちゃん

出久根達郎

三月書房

庭に一本なつめの金ちゃん

庭に一本《ひともと》なつめの金ちゃん　目次

朗読台本　安政大変　7
「安政大変」上演記録　79
戯曲　庭に一本なつめの金ちゃん　81
大まじめな作者いわく　234
「庭に一本なつめの金ちゃん」上演記録　237
出久根達郎著書目録　山野博史

装幀　吉田　咲

庭に一本《ひともと》なつめの金ちゃん

朗読台本　安政大変

一

わが国は、指折りの地震国であります。有史以来、数えきれないほどの地震に見舞われております。

河角廣《かわすみひろし》という地震学者がおりました。河角博士は、「関東大地震六十九年周期説」を唱えて、センセーションを巻き起こしました。

関東の大地震は統計上では、およそ六十九年プラス・マイナス十三年ごとに起こっているという説であります。

大正十二年（一九二三年）の関東大地震から、六十九年プラス十三年、つまり八十二年目が、二〇〇五年ということになります。さいわい何事も起こりませんでしたが、危険期に入っていることは間違いないと思います。

大正十二年から六十八年遡りますと、これからお話いたします、安政二年の江戸大地震であります。それから七十三年前が天明二年の大地震、更にその七十九年前が元禄十六年の関東大地震でして、これが河角博士の周期説です。

さて安政二年（一八五五年）という年ですが、前年にペリーのひきいるアメリカ艦隊七隻が、現在の東京湾にやってきたので（いわゆる黒船であります）、武士たちは外敵に備えて、にわかにいくさ道具を揃えたり、あたふたします。

そんなところに、江戸城本丸の御金蔵が破られ、小判四千枚が盗まれるという、前代未聞の事件が起きました。警戒厳重なはずの城内に盗人がまんまと忍び入ったわけで、幕府のタガがゆるみきっている象徴的な事件でした。ちなみに犯人は二年後に捕まっております。

二

十月二日の夜十時頃、江戸に大地震が起きました。震源地は荒川の河口付近といわれております。江戸城や大名の邸などが被害を受け、死者は七千人余りと記録にあります。

大名家の被害で最も有名なのは、水戸藩の例であります。藩主の御側《おそば》用人であり、尊皇攘夷派のよりどころ的人物であった藤田東湖《ふじたとうこ》と、家老の戸田忠太夫《とだちゅうだゆう》が、小石川藩邸で圧死しました。

安政の地震では、さまざまの予兆らしき異変が報告されております。たとえば、カラスや鶏が宵啼きをしたこと、井戸水が濁り、塩気が出た、九月というのに（今の暦に直すと十月です）、桃や桜が開花した、たんぽぽが咲き、つくしが生えた、江戸湾上に四斗樽ほどの大きな物体が現れ、突如、二つに分かれるや、一つは房総の方角へ、一方は江戸に向って飛んだ、等々、です。

こんな話が、あります。

魚釣りの好きな者が、ウナギの夜釣りをしようと、深川に出かけました。ところが目当てのものは一尾もかからず、ナマズばかり釣れます。しかも河のあちこちで、ナマズがやたらに騒ぐ。ナマズに異常ある時は地震あり、との言い伝えを思いだしたこの人は、ただちに釣り具を片づけ、一散に帰宅しました。

そしてカミさんに、すぐさま家財道具を庭に運びださねばならぬ、と命じました。カミさんは驚き不審がったが、とにかくも夫の指図に従いました。そして事無きを得た、とありますから、夫の言行には常日頃から信頼を置いていた、とみえます。

この話をのせている本を、『安政見聞誌《あんせいけんもんし》』といい、江戸大地震の様子を絵と文で著わしたもので、著者は戯作者の、仮名垣魯文《かながきろぶん》という人です。地震直後に、「鯰絵《なまずえ》」なる一枚刷りの刷り物が現れ、江戸っ子の引っぱり凧になりました。まあ、漫画のような絵です。

要するにナマズを擬人化して描いた錦絵で、地震を風刺しています。どうして地震にナマズかと言いますと、先の釣り人ではないが、地震はナマズが起こす、という言い伝えがあるからなのですね。

三

私の郷里、茨城県鹿嶋市の鹿島神宮《かしまじんぐう》に、要石《かなめいし》というものがあります。地中にひそむ大ナマズを、おさえつけている、といわれます。何の変哲もない石に見えますが、地上に出ているのは一部分で、実は相当に深く埋まっているといわれ、また、かなり幅広い石だそうです。

要石伝説によって、ナマズは地震の異名になりました。

鲁文はこれに目をつけたと思われます。ナマズが地震を予知した、と報告したのは、鲁文だけです。先の話はどうも鲁文の創作くさい。彼はたぶん「鯰絵」の発案者でもあったのではないか、と思われます。

「しんよし原大なまずゆらい」という鯰絵があります。吉原遊郭の遊女や、客たちが大ナマズをこらしめている図です。

遊女が、「いまいましい大ナマズめ。折角いい人が来る晩に、あばれやがった。憎らしいナマズめ。たんと、ぶて、ぶて」と怒っているのに、ナマズは、「おいらんたちに乗られて嬉しいよ、嬉しいよ、嬉しいよ。そんなにのると、また持ち上げるよ。揺すぶるよ。いいかえ、いいかえ、いいかえ」と悦に入っています。

左隅の方に、鳶の衆や職人衆が描かれており、こんなセリフが書きつけてあります。

「待ちねえ、待ちねえ、待ちねえ。おれがとめた、とめた、とめた」「待ってくれ、待ってくれ、待ってくれ」「おい、おい、おい。そんなにぶちなさんな、ぶちなさんな、ぶちなさんな」

つまり、遊郭などは地震で損害をこうむったが、一方、職人さんがたは地震後の復旧工事で思わぬ稼ぎにありつけたわけです。その日暮らしの者には、地震は天災であり、天佑でもあったのです。金持ちは金持ちでなくなり、貧乏人が貧乏人でなくなる。夢見ていた理想が、いっきょに実現する。どちらかというと、失うもののない貧乏人には、地震は再起のチャンスでもあります。

この鯰絵のセリフは、言葉の繰り返しの多いのが目立ちます。これは地震の揺れを表わしているのではないでしょうか。当日だけで余震が八十回あった、といわれます。

四

「大鯰江戸の賑い」と題する鯰絵があります。

鯨ならぬナマズが小判を吹き上げつつ江戸湾に出現し、江戸っ子たちが喜んでいる図です。このナマズは黒船のようにも見えます。江戸っ子たちには外敵の恐怖より、世の中が外威によって変わるのでは、という期待があったのではないでしょうか。武士と町人の認識の違いです。

何百種と発行された作者不明のこの鯰絵は、やがて、幕府から取り締まられて消えていきます。権力者はこの鯰絵に、民衆の不穏な意図を読みとったのであります。それは、世直しの意識でした。明治維新は、安政地震の十三年後であります。

私は鯰絵を歓迎した当時の人々の気分を、小説に仕立ててみたいと考えました。

そして、『安政大変《あんせいたいへん》』という作品集を刊行しました。大変は、大きな変事、という意味です。

いろいろな人たちが、大地震に遭遇する。遭遇するまでのささやかな生活をのぞいてみたい。地震で不幸にも亡くなられた人がいる。一方、助かった人もいる。その人たちは以後、どのように生きられただろうか。

『安政大変』は七つの短篇を集めたものですが、中の一篇、「おみや」を、原作を少しばかり変改して、落語風朗読という形で紹介します。

井戸掘り職人と、夜鷹《よたか》と呼ばれた当時の街娼婦とのやりとりです。情け容赦のない天災と、はかない恋の対比を、幕末の雑駁な雰囲気の中で味わっていただけたら、と思います。

五

「おみや。おみやをちょうだい」

「おみや、か。もう、みやげの種も尽きた。なあんにも、ねえよ」

「なら、歌を歌っておくれよ」

「また歌か。しょうがねえなあ。おいら、ちっとも気がやすまらねえ。なんだかずっと仕事をしているみたいだ」

「こうして、いい子、いい子してやるからさ。さあ、あたいのために歌っておくれよ」

「歌うから、くすぐるんじゃねえぜ」

♪エー、掘り抜き掘れたか

ドッコイコーリヤ
おいらが締めるは　さらしのふんどし
あねさん締めるは　まっかな湯文字《ゆもじ》で
紅白がさねで　底突きゃめでたい
水花《みずばな》咲いたよ　もうじき水神《すいじん》
ドッコイドッコイ
ソレソレ　ドッコイ
——噴き上げる

六

「こいつは井戸掘りが掘った土を、綱の先につけた桶で、地上《うえ》へ上げる時の歌だ」

「水花って、何だい？」

「そうさな、とうもろこしの粒みてえな土くれだ。井戸を掘っていて、この土にぶち当たると、水脈《みずみち》が近いんだ。水花の下をこのくらいも掘ると、ピヤー、ピヤー、と水が噴き上げる」

「ピヤー、かい。嬉しいだろうねえ」

「そりゃあな。苦労も何も忘れちまわあ」

「やっぱり、お前にも喜びごとがあるじゃないか」

「喜びごとったって、知れたものだわな」

「あたいにくらべたら、増しだろうよ」

「おめえにだって、何かあるだろう」

「なんにも。何ひとつ、無いよ。喜びってのは、笑顔だろう？　あたいは、ものごころついて、お義理でなく笑ったことがないよ」

「おめえの名を、そろそろ教えてくれてもよさそうなもんだな。え？」

「夜鷹《よたか》に、名前なんざ無いよ」

「無いったっておめえ、生まれた時から夜鷹じゃあるめえ」

「お前が聞いたって、一文の得にもなりゃしないさ」

「損得じゃねえ。おめえと金のやりとりだけってのが、おいら、味気ねえんだよ」

「仏ごころを起こすと、ろくなことになりゃしないよ。よしな。それよりさ、もひとつ、歌っておくれよ。井戸掘りの歌」

「折角、気分を改めるつもりで、おめえのとこに来たんだわな。いい加減、勘弁してくれよ」

「だけどさ」

（ククク、と含み笑い）

「これだって、井戸を掘っているようなもんじゃないか。（忍びやかに笑う）あたいは、地べたでさ」

「あったかい地べただ」

「この地べたは、ほら、揺れるよ」

「ちかごろの地べたただわな」

「そういえば、毎日《まいんち》のように地震があるねえ」

「あったかいといやあ、本当にこの頃の地べたは、すごくあったけえんだ。いや、土の中がさ。熱いくらいだぜ。ちょうどおめえの、これくらい熱いよ」

七

♪ヨオ、ソレソレ
お前鉄びん、わしゃ七輪よ
ヨオ、ソレソレ

熱くなるほど茶にされる。
ヨオ、ソレソレ、
ソレソレ、
ソレソレロ。

♪お前松の木、わしゃ蔦《つた》かずら
ヨオ、ソレソレ
からみついたら離しゃせぬ。
ヨオ、ソレソレ、
ソレソレ、
ソレソレロ。

♪お前紫蘇の葉、わしゃ青梅よ

ヨオ、ソレソレ
瓶《かめ》で馴れあうて色づいた。
ヨオ、ソレソレ、
ソレソレ、
ソレソレロ。

八

「お前が紫蘇の葉で、あたいが青梅だって（含み笑いをする）青梅の実は毒だよ。子どものころ、あたいの仲よしが、これをかじって死んじまったよ」

「おめえは、もうはや、程よく漬かった梅干さ」

「すっぱいだろ？」

「すっぱいのが、大人の味ってもんさ」

「フン。いっぱしを言うよ」

「本当だから、仕方ねえ」

「おや？」

「どうした？」

「また、揺れてるよ。地震だね？」

「慣れっこだ。この間の方が、よっぽど大きかった」

「大きくてもさ、こちらは、ちいとも驚かないのさ。ほら、こんな筵囲《むしろ》いの小屋だろ？　つぶれる気遣いはないやね」

「夜空が屋根か。風流だねえ。月がこっちを見下して、まぶしいってさ。すっかり当てられたろう」

「夏はいいけど、これからが思いやられるのさ」

「そうだ」

「おお、びっくらした。何だい、だしぬけに」

「さっきの話だ。土の中が熱い、と言ったろう。おめえもさ、地べたに小屋掛けしねえで、どうだい、いっそ穴を掘って寝ぐらにしちまったら？　おいらが掘ってやるよ。穴掘りは、お手のものだ」

「穴に寝るのかい？　墓穴に横たわっているような気分になりやしないかえ。ぞっとしないねえ。あたいは、いやだよ」

「そんな深くは掘らねえ。墓だなんて縁起でもねえ。二尺も掘りゃ御の字だ。掘りだした土を、穴のまわりに積めば深くなる道理だ」

「それだって雨水が流れ込むだろうよ」

「だからさ、穴のまわりに土を盛りあげるのさ。そして屋根をこしらえりゃ、雨の日に、おめえもいちいち材木置き場に、逃げこまなくてすむというものだろうさ」

「お前が一人で掘ってくれるというのかい？」

「そうさ。おめえんとこに来るたび、少しずつ、えっさえっさと掘ってやらあな」
「嬉しいねえ。お前のいい声で歌を歌いながらだね」

九

♪掘った掘った　なに掘った
旦那が月夜に釜掘った
釜から研ぎ汁こぼれだす

♪釣った釣った　なに釣った
雑魚か真鯉《まごい》か竿次第
竿の太さで　顕われる

♪とったとった　なにとった
ぬしと裸で蚤をとる
とったついでに相撲とる

♪貼った貼った　なに貼った
ふた股膏薬オヤいやなやつ
いっそビンタを撲《は》ってやる

♪立った立った　何立った
三両払って男の一分《いちぶん》立つ
肝心のものはお辞儀する

十

「さあ、出来た。どうだ、あったけえだろう？」

「本当。お前、大したものだねえ。さすがに井戸掘りだけあって、掘るのが早いよ」

「なあに。おいらは、ほんのしばらくの間だったが、穴蔵屋《あなぐらや》で働いたこともあるんだ」

「穴蔵屋って、何だい？」

「穴蔵を掘る商売だよ」

「だから穴蔵って何さ？」

「大きな店の床下に、穴を掘って蔵《くら》に使うんだよ。江戸は火事が多いだろ？　火事の時に、店の品物を穴蔵に投げ込んで、土ぶたをかぶせて塞いぢまうんだ」

「焼けないのかい？」

「隙間もなく塞ぐからな。店は焼けても、大事な品物は無事ってわけだ」

「そんな物をこしらえるのは、よほどの大店《おおだな》だろうねえ」

「そりゃそうさ。それだけに、穴蔵屋を警戒してさ、大変なんだ。何しろ、店の中に入るわけだろ。床下で仕事をするんだけどさ、一日が終わって帰りがけには、こっちの褌《ふんどし》まで外して調べるのさ。店の品をくすねて持ち出しゃしめえかと疑ってさ」

「褌の中に隠すったって、限られるだろうにねえ」

「調べる相手は着物を着ていて、こっちはすっ裸。あんなこっ恥《ぱ》ずかしいことはねえ。おいら、すっかり、いやけがさして、古巣の井戸掘りに舞い戻ったんだ。同じ穴掘りでも、こちらは野天の仕事、自由で気がねがいらねえもの。あ、そうだ」

「何だい？」

「思いだしたよ」

「何だい？」

「おめえの好きな、おみやだよ」

「あら？　おみや？　ありがたいねえ。聞かせておくれよ」

十一

「日本橋の久松町《ひさまつちょう》だった。穴掘り道楽の年寄りがいたと思いねえ」

「あらま。妙な道楽もあったものだねえ。穴掘り道楽だって」

「大店の隠居らしいんだが、それがおめえ、とてつもなく広い庭のある家に住んでやがる」

「庭も道楽かねえ」

「なに、ただの広い庭だ。植木や石があるわけじゃない。その庭のあちこちに、やたら穴を掘らせるんだ」

「年寄りがかい？　自分で掘るんじゃなくて？」

「おいらのような商売人に掘らせるのさ。本職の働いているとこを見るのが、楽しいと言うんだ。変わっているよ」

「つきっきりで、眺めているのかい？」

「そう。何が楽しいのかね」

「井戸を掘るんじゃないのかい？」

「井戸を掘るように掘ってくれ、と言うんだ。ある深さまで掘ると、ご苦労さん、と止める。そして、おめえ、折角掘った穴を埋めさせる。元のようにして、終りだ」

「金はくれるのかい？」

「むろん。くれなかったら怒っちまうぜ」

「金持ちの遊びかね」

「おいらも、五度ばかり行った」

「庭は穴だらけだろう」

「あるいは、おめえのように、おいらたちの井戸掘り歌が聞きたいのかも知れねえ。歌うと、ころころと喜ぶんだ」

「わかるよ。その年寄りの気持ち。お前の歌は、何かさ、聞いていると、こう、もりもり元気が出るんだ」

十二

♪ホレソレ、ホレソレ、
うわき娘は餅肌で、
ハア、ドンドン、ヨイトコショ、

何より好きなは賃餅で、
ハア、ドンドン、ヨイトコショ、
誰でも彼でもきなこ餅、
ハア、ドンドン、ヨイトコショ、
起請《きしょう》（神仏の誓い）に小指を切り餅に、
ハア、ドンドン、ヨイトコショ、
力餅にはくっつきたがり、
ハア、ドンドン、ヨイトコショ、
のし餅つけてもろうたら、
ハア、ドンドン、ヨイトコショ、
磯辺《いそべ》、人が来ぬ間にと、
ハア、ドンドン、ヨイトコショ、
恥もおかきも鏡餅、

ハア、ドンドン、ヨイトコショ、
味を占めこの兎の餅つき、
ハア、ドンドン、ヨイトコショ、
安倍川、晩まで汁粉餅、
ハア、ドンドン、ヨイトコショ、
足と足とを辛み餅、
ハア、ドンドン、ヨイトコショ、
ほてって豆餅ふくれ餅、
ハア、ドンドン、ヨイトコショ、
杵で大きく搗《つ》き餅で、
ハア、ドンドン、ヨイトコショ、
お供え餅は重ね餅、
ハア、ドンドン、ヨイトコショ、

甘くてたまらぬ餡こ餅、
ハア、ドンドン、ヨイトコショ、
とても良い黍《きび》餅あられ餅、
ハア、ドンドン、ヨイトコショ、
あれあれもうもう幾世《いくよ》餅、
ハア、ドンドン、ヨイトコショ、
腰を揚げ餅煎ったら煎り餅、
仕上げに舌でなめこ餅、
ハレホレ、ハレホレ、
ハア、ドンドン、ヨイトコショ、
ヨイトコショ、
ドンドンドンドン、
ヨイトコショ。

十三

男は、なぜこうも、おしゃべりになったろう。

女の小屋に通いつめて、かれこれ、ひと月になる。

決して無口なたちではなかったが、これまで、しゃべる相手がいなかったのだ。

子どもの時に、ふた親をなくし、親類中を、やっかいもの扱いで回された。

十歳《とう》になるかならずで、井戸屋に奉公に出された。

井戸掘りの道具の手入れを、朝から晩までやらされた。道具の形で使い方をおのずと覚えた。

飯を三杯ほどかきこむようになると、出方《でかた》を命じられた。井戸掘りの現場である。

最初に教えられたのは、粘土水を作ることだった。

粘土を水で溶くのだが、この加減がめっぽうむずかしい。薄くては駄目、濃くてもいけない。

「なめてみて、冬至の唾のねばり」という。濃すぎると、「こいつは真夏の唾だ」と怒られた。もっと汚い喩えで、「下肥《しもごい》のねばり」ともいう。

粘土水は、穴の壁が崩れないように、流し込むためのものである。特に砂地を掘る時は、入念に流し込む。

従って、粘土水は、桶に何十杯も要る。小僧は、せっせとこれをこしらえなくてはいけない。どれも同じ加減に溶かさなければならないので、並大抵ではない。冬は手が切れるようだった。粘土は氷のように冷えるのである。

粘土水作りを習い覚えると、これを穴の内縁《うちべり》に流し込む要領を教えられる。やみくもに、流せばよい、というものではない。「おっかなびっくらで流せ」と言われる。流しながら、よそ見でもすると、「てめえ、穴の底にいる仲間を殺す気か」とぶん殴られる。

壁が崩れたら、穴の中にいる出方は、生き埋めになるのだ。「おっかなびっくら」は、慎重にゆっくり、という意味もあるが、地面《つち》の神を怒らせぬように、静かに恭《うやうや》しく進めよ、というのである。

無駄口など、きいていられぬ。井戸掘りは、ほとんど言葉を発しない仕事だった。

十四

だから、歌を歌うのである。歌が、出方の会話であった。

音頭取りが歌う。一節終ると、皆が繰り返す。

あるいは音頭取りが歌い、皆が囃《はや》し言葉を持つ。また、順繰りに歌い継ぐ。声を揃える。仕事によって、その場の気分によって、誰が決めるでなく、自然に歌う。同じ歌が、早い調子になり、のろい速さになる。

井戸掘りは、掘り手と、綱子《つなこ》（ロープを上げ下げする役）と、音頭取り、それに雑色《ぞうしき》（雑役）の出方で進められる。一番偉いのが音頭取りで、雑色は粘土水作りや道具運び、職人の飯のお膳立てや、用事で店と現場を往ったり来たりする。

綱子は、掘り手が掘った穴の土を、綱に結んだ桶で引き上げて捨てる役である。

音頭取りは穴の上に渡した道板《みちいた》に踏んばって、穴の底の様子を見て、桶を「上げよ」「下げよ」と指図《さしず》する。「ゆっくり」「急いで」と適確に判断する。歌を歌って皆の意欲《やるき》をかきたてる。

「おい、粘土野郎」と音頭取りが呼ぶ。

「おめえ、あれあれもうもう幾世餅ってな、どういう餅だ？」

「知らねえ」

「食ったことは、ねえのか？」

「ねえ」

「てめえ、いくつだ？」

「まだ一つも食ったことねえ」

「ばあか。餅の数じゃねえ、てめえの年だ」

「十五」

「よし。立派なおとなだ。てめえ、今夜、幾世餅を食わせてやる。餅屋に連れていってやるぞ。あんまりうまくて、腰を抜かすなよ」

綱子たちが笑う。

「味を覚えて餅屋に出入りするようになるだろうが、安い草餅なんぞ食っちゃいけねえぞ。ほっぺたも落ちるが、鼻も落ちるからな」

どっと、皆が笑う。
「さあ、みんな。もうひと働きだ。今夜は久しぶりに餅を食いに行くべえ」

十五

♪ホレソレ、ホレソレ、うわき娘は餅肌で、
ハア、ドンドン、ヨイトコショ、……

草餅。
草餅を売りながら春を売る女である。武家の奉公人をねらって、屋敷に出入りした。
転じて、安い売春婦（地獄という）を指したが、草餅よりも更に安い

のが、夜鷹であった。

男は十五で「幾世餅」の味を知って、それから、そこそこ遊んだ。板《いた》橋宿《ばしじゅく》や千住宿《せんじゅ》の宿場女が主で、深川の岡場所に足を運んだこともある。

男は二十五になった。

掘り手に、なった。給金も、いい。身を固められる。けれども、嫁のなりてが無かった。

十六

「無理もねえやな。おいら、土龍《もぐら》だもんな」

「あたいは、夜鷹だよ。同じようなもんさ（含み笑い）。あんたはまっ暗な土ん中を掘り、あたいはまっ暗な闇を飛ぶ。まっ暗同士でさ、道理で話が合うわけだよ」

「おめえ、名前は何て言うんだ？」

「まだ気になるのかい？」

「もう教えてくれてもよいだろう。こうしておめえに会うのも、何度目か。座敷まで掘ってやったじゃねえか」

「ありがたいけどさ、小屋の脇に積み上げた掘り土が、大雨で崩れなければよいがと、そればかり心配さ」

「わかったよ。今度来る時、粘土水で固めてやらあ」


♪ソレ、上げろ。

上げろや上げろ持ち上げろ。

でっちは下女と寝たという。

下女はでっちと寝ぬという。

ソレ上げろ。アレ寝たと言う、寝ぬと言う。

おかずの盛りよで顕《あらわ》れる。

♪ソレ、下げろ。
下げろや下げろソレ下げろ。
嫁はお前がお初《はつ》という。
むこは初ではないという。
ソレ下げろ。アレ初という、無いと言う。
ツイ持ち上げたで顕れる。

♪ソレ、上げろ。
上げろや上げろソレ上げろ。
お上は景気が上がるという。
下々は逆に下がるという。

上と下では、噛み合わぬ。

♪ソレ、下げろ。
下げろや下げろソレ下げろ。
男は女を不器量とけなし。
女は男を器量を下げたと。
器量の争いは、痛み分け。

十七

男は、二十五になった。そのお祝いを、自分でやろうと決めた。掘り手になった祝いも兼ねる。誰も祝ってくれないから、お手盛りでやる。
吉原《なか》（よしわら）へ、行った。

切見世《きりみせ》に、上がった。

四角い顔の女が、男を見るなり、眉をひそめて言った。

「あんた、土くさいね」

男は女の四角づらのまん中に、遊び代五百文をたたきつけて、飛びだした。

折角の祝儀が、わや（むちゃくちゃ、ムダ）になった。

むしゃくしゃしながら、永代橋を渡って、右に折れる。

深川大島町に、男の店がある。大川沿いに御船蔵《おふなぐら》が並んでいて、道のこっち側は御船手組屋敷の築垣《ついがき》が続く。

御船蔵が尽きると、石と砂利置き場、そして草ぼうぼうの空き地である。川明かりで、夜道は、薄明るい。

枯れすすきの陰から、白い手拭いの端をくわえた女が、よろけるように道に現れ、男の行く手をふさぎ、「もしえ」と言った。

十八

「おいらあ、あん時は、てっきり幽霊かと肝をつぶしたぜ」

男が声を立てないで笑った。

「だってさ、あたい、初めてだったもの」女が恥じらう。

「何といって声をかければいいのか、知らなかったんだよ」

「そういやあ、お前、夜鷹か？　と聞いたら、とまどっていたっけ」

「夜鷹は知っていても、自分がそうだとは思わないもの」

色を売る女の、最も下等で、遊び代がわずか二十四文。茣蓙筵《ござむしろ》を巻いて手に持ち、客がつくと、その辺の物陰に茣蓙を広げて寝床にする。夜っぴて商売をし、昼間は、材木置き場などで寝ている。食事は、一杯十六文の屋台の夜鳴き蕎麦を食う。蕎麦代に色を付けた額の商いなのである。

十九

女は商売道具の莫蓙を持たず、草っ原に男を誘った。川に面して、筵小屋があった。

「おめえが建てたのかい？」

男が珍しがる。

「建てたというほどのものじゃない」女が笑った。

「でも、うまい工合に、四方を囲ってあるじゃねえか。惜しいことに、屋根が無い」

「どうせ雨の日は、商売にならないさ」

「おめえ、この道は初心《うぶ》だな」

「わかるかい」

「夜鷹は、ほとんど年寄りだぜ。それに」

「それに、おみや持ちだというんだろう？」

「おみやって、何だい？」

「おみやげだよ。客におみやげを持たせることさ」

「病い持ちを、そういうのかい？　フーン、知らなかったな。おめえ、そんな言葉を知ってるとこをみると、春を売る道に、万更暗いわけじゃねえな。その中の夜鷹は初めて、というところか」

「ご想像にまかせるよ」

「おめえ、名は何というんだい？」

「名なんぞ、ありゃしないよ」

「今度来る時、まごつくじゃねえか」

「まっすぐ、この小屋に来るさ」

「小屋なんぞ作って、役人にめっかりゃしねえか。おめえも、うかつだぜ」

「だって、まさかお客を、地べたにどうぞと勧められやしない。囲いがあれば、客も安心だろう」

「おめえ、優しいんだな」

「おだてたって何も出ないよ」

「おいら、土くさくねえか？」

「だからどうしたというのさ。あたいなんざ、ごらんのように草原暮らしだ。土も草も、変わりゃしない」

二十

♪ヤア、コラ、搔《か》っ掘《ぽ》れ、搔っ掘れ、死ぬ気で搔っ掘れ。底まで搔っ掘れ。好いたお客は古井戸の苔よ、ソレソレ掻っ掘れ、死ぬ気で掻っ掘れ。底が知れぬで水臭い。ヤア、コラ、掻っ掘れ、掻っ掘れ、死ぬ気で掻っ掘れ。


「大丈夫だよ。あたいは、おみや持ちじゃない」

「おいらだって、持っていないさ」

「あたい、お前に、おみやをもらいたいな」

「馬鹿言っちゃいけねえよ」

「そのおみやじゃないよ」

「何だ。花林糖《かりんとう》や有平糖《あるへいとう》、それとも焼き芋か。そんな物を持って、お前に会いにきちゃ、野暮天というものだろう」

「物じゃない、話だよ、話。あたい、お前の話が聞きたいんだよ」

「話ったって、おいらにゃ面白い話なんざ、何一つ無い。朝から晩まで、時によると夜っぴて、ただただ穴を掘っているだけだ。楽しいものを見るわけでもねえ。穴掘りが、おいらの一生だ。そして死ねば、やっぱり穴の中だ。もしかしたら、おいらは、てめえの墓を掘る習いごとをしているんじゃねえか」

「習いごと」（笑う）

「可笑しいか。おかしいだろうな」

「違う。嬉しいんだよ。あたいは、人の仕事の話を聞くのが好きなんだ。だって、嘘いつわりがないじゃないか。お前の井戸掘りの話を聞かせておくれ。同じ話でもよい。話をする男は、輝いて見えるよ」

「おいらはお星さまかい。おめえは、いっぷう変わった女だぜ」

「夜鷹になるぐらいだからねえ」

「おめえの身の上も知りたいや。おみやの、取っ換えっこをしねえか」

「取っ換えたら、お前が損するよ。よしな。それより、何かお話しよ」

男はせがまれて、井戸掘りの手順を語り出した。次に、出方の話。雑色のあれこれ。綱子の苦労。掘り手の危険。音頭取りの歌。

男は歌い出す。

二十一

♪ソレ、上げろ。
上げろや上げろ持ち上げろ。
亭主はお前がでかいという。
女房は伜が小っちゃいという。
ソレ上げろ。
アレでかいと言う。小っちゃいと言う。
あべこべならばの愚痴で顕れる。

二十二

「おめえ、客を取るのはやめにしねえか」

「何だねえ、やぶから棒に」

「おめえに、おいらの話を、来るたびに聞かせているうちに、何だか、おめえが赤の他人と思えなくなった。だって、おめえは、おいらの何もかも知っちまったじゃねえか。おいら、こんなに、おしゃべりになったことはねえ」

「あたいも、お前のおかげで、よく笑うようになったよ」

「お互いさまじゃねえか。なあ。どうだい、世帯を持たねえか？」

「冗談だろう？」

「冗談なものか」

（間）

「まあな、すぐには返事もできまい。よおく考えて、この次に来るとき、聞かせてくれ。おめえの、いいおみやを待ってるぜ」

「今日はお前は、何も無いのかい？」

「ある。ほら、この間、話したろう？」

「何だっけ？」

「ほら、穴掘り道楽のご隠居さ」

「ああ。広い庭持ちの」

「あの隠居から、店に注文が入った」

「庭に、また掘ってくれってかい？」

「うん。それで今日、出かけていった」

「ご苦労なことだねえ」

「今までは、おいらは綱子で行ったが、今日は掘り手で出かけた」

「おや？　出世したね」

「雑色と綱子が二人、掘り手のおれと、音頭取り。合わせて五人連れだ」

「相当深く掘ったのかい？」

「そうさ、三間も掘ったか。あしたも、そのくらい掘る。それで終りだ。隠居は世間には井戸掘りと言い触らしてるが、別に水がほしいわけじゃない」

「掘らせて楽しむんだね。何が面白いのかねえ」

「金持ちの道楽っていうのは、貧乏人から見れば、天神さまの漢詩《からうた》で、もったいなくてわからねえ」

二十三

♪一つとせ、人のうわさも七十五日、十月《とつき》十日《とうか》で顕れる、コノ浮気者。

♪二つとせ、文《ふみ》はやりたし、イロハを知らず、色だけ覚えて恥をかく、
コノ馬鹿息子。

♪三つとせ、見れば見るほど刺したがる、隣の女房の縫い仕事、コノ
針坊主。

♪四つとせ、夜もろくろく寝もやらず、夫婦仲よく差す将棋、コノ石
頭。

♪五つとせ、出雲の神は結び神、果てて縮んで拭くの神、コノぎこち
なさ。

二十四

「おおい。いるかや。おれだ、おれだ。井戸掘り職人のおれだ」

「あいよ、ここにおりますよ」

「おりますよ、だなんて何だな、子どもの隠れん坊じゃあるめえし、体裁わるいやりとりだわな。おめえが名前を教えないから、呼ぶのに、まだるくていけねえ」

「あたいの他に誰かいるわけじゃないから、声をかけてくれれば用は足りるのさ。それより、大層な鼻息で、目を血走らせて、いやだねえ」

「いやなもんか。おみやだよ、おみや。本当のおみやだ」

「どうしたえ？　おや？　お前、その右脚の包帯はどうしなさった？」

「これか。金瘡《きんそう》（刃物傷）よ」

「金瘡って、刀か何かで斬られたのかい？」

「刀じゃねえ。鋤《すき》、ほら、あるだろう、こんな広い刃にまっすぐな柄のついたやつ。土を耕すのに使う鋤。あれで、てめえの膝の下をザックリと」

「おお、こわ。手元が狂ったんだね」

「そうじゃねえ。わざと打ち込んだのさ。まあ、おいらのは金瘡には違いないが、もひとつ、小判傷だ」

「小判傷って、何だい？」

「話のおみやから聞きたいかい？　それとも、本物のおみやから見るかい？」

「お前の言う意味が、さっぱりわからないよ」

「だろうなあ。それじゃ、まず、話のおみやから、しよう。その方が、わかりやすいだろう」

「ゆっくり、しておくれ」

二十五

「おいらは、例の穴掘り道楽の屋敷に出かけた。昨日の、続きだ。おいらは、穴の底に下りる。あと二間ほど掘り下げろ、という隠居の命令だ。お安い御用よ。おいらは、掘った。音頭取りが、歌いだす。隠居が、嬉しそうに、見守る」

♪六つとせ、むごい仕打ちと恨まれながら、つれないそぶりを、わざとする、コノ色男。

♪七つとせ、泣くほど床擦れ痛ましい、いとし、いじらし床上手、コノ色女。

♪八つとせ、八百《やお》や万《よろず》の神々さえも、山の神には伏し拝み、コノかかあめが。

男は穴を掘りながら、昨日、久松町の隠居宅からの帰り、音頭取りがもらした言葉を思いだしていた。

「あのご隠居はよ、何か深アい魂胆があるに違いねえぞ。エー、掘り抜き掘るわけでもなし、ドッコイ、コーリヤ、このおれがだな、この優れた頭で考えるには、ヨオ、ソレソレ、お前松の木があの庭にあるだろう? な? 隠居は松の木と穴の距離《へだたり》を、やたら測ってやがる。な? だてに穴を掘らせているんじゃねえ。掘った、掘った、なに掘った、旦那が月夜に、もしやお宝を掘りだそうとしているのじゃあるめえか。ヨオ、ソレソレ、おいらたちは熱くなるほど茶にされるぜ。六つとせ、むごい仕打ちと恨まずに、知らぬそぶりをわざとして、コノ、様子を見ようぜ」

音頭取りは、普段しゃべるのにも、つい、歌の調子になってしまうのだった。

二十六

お宝だって？　お宝が土の中に埋まっているというのか。お伽話《とぎばなし》じゃあるまいし。
鋤の先に、石が当った。男は舌打ちをして、土を掻きまわした。
平べったい物が、手に触れた。
指でなぞると、草鞋《わらじ》の形をしている。
一枚では、ない。何枚も、何十枚も、いや何百枚も、埋まっている。

男は、穴の上の音頭取りに気づかれぬよう、落ちてくる乏しい陽の光で、確かめてみた。

間違いない。山吹色の、小判である。

♪九つとせ、こうなることは百も承知、二百も合点孕《はら》み腹、コノ嬉しさよ。

♪十とせ、とうとう……

（やったぞ）

おいらは、穴の底で、思わずにんまりした。

音頭取りの、推量通りだ。ここのご隠居は、埋蔵金を探していたのだ。

まさか宝探しと他人《ひと》に言えないから、井戸屋を呼んでいたのだ。井戸を掘っている分には、怪しまれぬ。水が出ないから、別の場所を掘らせる。至極、当り前のことだ。井戸屋たちには、穴掘り道楽と思わせておけばよい。

なんと、黄金が、ざっくざくだ。この宝の山は、さいわい、誰も知らぬ。

二十七

しかし、さて、どうやって持ち出す？ 仲間にも、むろん隠居にも、教えたくない。おいらが見つけたのだから、おいらの物だ。

隠すところもない。何しろ、おいらは、エー、掘り抜き掘れたか、ドッコイコーリヤ、おいらが締めるは、さらしのふんどし一本だ。どうしようもない。

「やい。どうしたあ」

音頭取りが、どなっている。

「うずくまって、てめえ、何をしている？」

おいらは鋤の刃を上に向け、折った膝を押しつけた。ぐっ、と力を入れる。

「痛え、痛え」

「てめえ。どうしたあ」

「膝を鋤で削っちまった」

「何だとお？　怪我をしたあ？　道理で妙な音がしたはずだ。まぬけ野郎めえ」

「狭い中だ。しょうがねえ。痛え。痛え」

「傷は、どんなだあ？」

「血が噴き出して、止まらねえ。晒《さらし》をくれえ」

「待ってろお」

穴の中に、油紙に包まれた晒が一反投げ込まれた。傷薬も入っている。用意されているのだ。

二十八

おいらは油紙を広げて、音立てないように、小判を十枚ばかり重ねてくるんだ。きっちりと小包みに作り、右脚の、血が流れている向う臑《ずね》に当てた。その上から、ていねいに、晒を巻いていく。何重にも巻く。

「おおい。大丈夫かあ」

おいらは、泣きごとを言う。

「脚が、昆布《こぶま》巻きみたいに腫れあがっちまったい。痛え、痛え」

「危ねえぞ。化膿《うん》だりするといけねえ」

音頭取りが、隠居にお伺いを立てている。

「手違いがございまして、へえ、血が流れやした。縁起が悪いから、今日は仕舞にしやす。井戸は、埋めやすか？」

「血を見たのでは、仕方あるまい。清めた上で、埋めておくれ」

「承知しやした。おおい。上がってこおい」

するする、と縄梯子《なわばしご》が下ろされた。おいらは、まず包帯の脚の方を桟《さん》にのせる。大丈夫だ。金の音はしない。しかし、ひどく重い。

「おおい」

おいらは仰ぎながら、どなった。

「梯子をゆっくり上げてくれえ。右脚が痛くて重くて、上がらねえ」

二十九

♪ソレ、上げろ。
上げろや上げろ引き上げろ。
遊女は客に惚れたと言う。
客は来もせで、また来ると言う。
ソレ上げろ。
アレ惚れたと言う。来ると言う。
狐と狸の化かしあい。尻《し》っぽの先で顕れる。

「まんまと、騙《だま》せた。尻っぽを隠しおおせた。さすがの音頭取りも見破れなんだ。しめこの兎」

♪エエサッサ、ホイサッサ。

ぬしとわしとは腹で勝負だ。

顔に出すも出さぬも、頭次第《おつむ》。

三十

「そら、本物のおみやをやろう」

男が、ふところから金の草鞋を一枚取りだし、女の膝元に置く。

「あら？　まあ？」

女は、それきり、声も出ない。

「さあ、まだ、あるぜ」

もう一枚出す。前の一枚に重ねる。

「いい音色《ねいろ》だなあ。それ、もう一枚」

♪エエサッサ、ホイサッサ。
ぬしとわしとは将棋で勝負だ。
成るも成らぬも、金《きん》次第。

「それ、どうした。まだまだ、あるぞ」

♪エエサッサ、ホイサッサ。
ぬしとわしとは刀で勝負だ。
切るも切らぬも、腕次第。

「何とか言えよ。いいおみやだろう？」

♪エエサッサ、ホイサッサ。

ぬしとわしとは釣りで勝負だ。
釣れる釣れない、魚次第。

「ほら、もう一枚」

♪エエサッサ、ホイサッサ。
ぬしとわしとは、にらめっこ勝負だ。
笑う笑わぬ、情《じょう》次第。

三十一

「おめえ、これでおいらと世帯を持とう。この間の返事を、聞かせてくれ」

♪エエサッサ、ホイサッサ。

ぬしとわしとは相撲で勝負だ。

組むも組まぬも、意気次第。

「お前」（絞りだすような声）

♪エエサッサ、ホイサッサ。

ぬしとわしとは足で勝負だ。

行くも行かぬも、腰次第。


「何てことを、してくれた」

「え？　何てこと？　どういう意味だい？」

「お前、これだけの金だ。泥棒でなく、強盗でも働いたね？」

「冗談言っちゃいけねえ」

（失笑）

「妙な因縁をつけるなよ。おいらに強盗はおろか、こそ泥ひとつ、できやしない。穴を掘るしか能のない男だ。おいらは、ものごころついてからずっと、穴しか掘ったことがねえ」

「こんな大金が、穴の中にあるもんかね」

「あったんだから、しょうがねえ。泥棒じゃない。土に埋まっていたんだ。土の中のものは、掘った者の役得だ」

♪エエサッサ、ホイサッサ。

ぬしとわしとは腹で勝負だ。

顔に出すも出さぬも、頭次第。

三十二

「なあ、おめえも、いつまでこんな稼業をしていられるものじゃない。おいらと、一緒になろう？　な？　この金は、地の神さまが下されたんだぜ」

「ありがとよ」（べそをかく）

「お前の言葉は、どんなにか、ありがたいよ。だけど、お前とは一緒になれないよ」

「どうしてだ？」

「だって、あたいは、夜鷹だよ」

「それを承知で言っているんじゃないか」

「お前は今は頭に血がのぼっているから、きれいごとを言うんだよ。女房が昔、道の端で客を拾っていたことを、何かにつけ思いだすだろう。面白いわけがないやな」

「おいらが酔狂でお前の元に通っていたと言うのかい？」

「あたいは、わがままなんだよ。お前に、名さえ教えようとしないし」

「名前や身元なんざ、どうでもいい」

「それなのに、あたいの方は、お前の何もかも聞かせてもらっている」

「そうだな。おみやは、もう尽きたぜ」

「何だかさ、お前のすべてを知った今となると、あたいは、お前に興味が無くなっちまったような気がするんだよ。わがままだ、と言ったろう？」

「おぬしは、商売ずくだったのか」

「お前に、こんな穴を掘ってもらって、おかげで、あたたかく毎日を過ごせる。ありがたい、と恩に着るよ。ここがあたいの終《つい》の棲み家で、墓穴でもあるのさ」

「二人分の穴なんだぜ」
「かんにんしておくれ」

三十三

ドーンとすさまじい音響（銅鑼一発）

「何の音だい？」

♪十とせ、とうとう二人は死出の旅。思いがけない身の結末《おわり》、コノ浮世。

アアラ　眠たいな眠たいな　今晩こよいのぐらつきに　身の用心と回

りましょう　一夜あくれば春ならで　十月二日さんがにち　お門《かど》に立てたる松丸太　竹の柱や生き死にの　障子を壁のとびずまい　鮠食わずにようようと　逃げて野宿をするがなる　富士より高い土の山　命あっての物だねも　話の種となるカミや　親父と火事とぐらつきは　もうこりごりと……

（終）

「安政大変」上演記録

催事　世界P・E・N・フォーラム「災害と文化」
上演　平成二十（二〇〇八）年二月二十三日（土）
　　　午後一時より二時三〇分
会場　全労済ホール
主催　日本ペンクラブ
後援　国際ペンクラブ
特別協賛　全労済
協力　セイコーエプソン／日本航空

朗読　出久根達郎
翻訳　ステイシー・スミス
音楽　森　ミドリ（作曲）
　　　定成淡紅子（打楽器）
男声合唱　清水　宏樹（オペラ歌手）
　　　武田　直之（同）
　　　与儀　巧（同）
画像演出　四位　雅文
制作　吉岡　忍
画使用　安政期鯰絵

朗読「安政大変」舞台より

撮影（上写真共）森下茂行

「庭に一本なつめの金ちゃん」舞台より

河杉書店

上演チラシ　原画 阪東裕一

一幕二場

戯曲　庭に一本《ひともと》なつめの金ちゃん

第一場　庭に一本柿の河杉

第二場　庭に一本なつめの木

第一場　庭に一本柿の河杉

明治三十一年晩秋　熊本の古書店

河杉書店の店　舞台左半分に二階・書庫

登場人物

夏目金之助（のちの漱石）　三十二歳

夏目鏡子　二十二歳

前田　卓《つな》　三十一歳

河杉書店主人　四十八歳

娘の東洋子《とよこ》　十八歳

大島　輝《かがやく》（河杉書店店員）　二十一歳

セドリ師松吉（松《ま》っちゃん）　三十二歳

河杉書店の店

帳場であるじ（チョンマゲを結っている）が何やら書き物をしている。店に金之助が一人、書棚を熱心に眺めている。ややあって。

主　人　おや。いつのまに。先生。

金之助　いつのまに、とはご挨拶だね。間の抜けた店番すぎやしないか。

主　人　こいつは一本。先生の口にはかないませんワ。

金之助　お前さんの先生じゃないって。そいつだけはやめてほしい。

主　人　なんと呼べばよろしいんです？

金之助　夏目さんでいい。客なんだから。

主　人　そりゃ失礼すぎます。私は尊敬するかたは皆先生と呼んでおります。

金之助　お前さんが尊敬するのは勝手だ。しかし私は生徒と父兄以外の者に、先生といわれたくない。

主人　先生がおいやでも私は呼びます。

金之助　お前さんも頑固だねえ。

主人　（自分の頭を指し）見ればおわかりでしょう。神風連《しんぷうれん》の太田黒《おおたぐろ》伴雄《ともお》先生は私には神です。西郷隆盛先生も。またこの店にある本の著者は、残らず先生です。先生とあがめるに価《あたい》しない著者の本は、一冊たりといえども置いてありません。

金之助　そりゃ見識というものだ。だがね私は先生といわれると恥ずかしい。人を恥じ入らせては、いけないよ。

主人　わかりました。夏目さんと呼びます。でもご本人の前だけに限定させて下さい。呼び分けます。

金之助　商人はね、二枚舌は使わない方がよい。人が妙に勘繰るよ。客によっては不快がる。等級をつけられているように感じるからね。

主人　ですから、お客さまは全部先生とお呼びしているんです。

金之助　女学生にも先生かい。まさか客の中学生を、先生と呼んでいるのじゃないだろうね。

主人　ご冗談を。追い詰めないで下さいよ。

金之助　私はね、呼称で人を差別するのがいやなんだ。肩書や職業でなく、親がつけてくれた名前で呼ばれたい。それだけだ。

主人　（フフフ、と含み笑い）

金之助　おかしいかね。

主人　違います、先《せん》……いや、小春のことを思いだしたんです。ほら、去年の今頃ですよ、いや、おとといでしたか、先、いや夏目さんが五高に赴任なさいました年の十一月でした。私のとこの庭にある柿を召しあがっていただきました。

金之助　ああ、柿の小春。甘かった。去年もいただいたね。
主　人　正岡子規先生、いや、正岡さんにもお送り申し上げました。
金之助　そうだったね。私が無理を言って送っていただいたっけ。正岡、ずいぶん喜んでいた。何しろ彼はカキ大将のあだ名があるくらいの柿好きだからね。いっぺんに平気で十五・六個をぺろり、だ。
主　人　ご病人なのにねえ。正岡さんにも小春という名の由来を聞かれました、手紙で。
金之助　そうそう。お前さんと小春問答をしたっけ。
主　人　由来はわからないんですが、わしが子どもの時分にすでに実をならせていましたから、かなり昔からある木です。今日のような小春日和が続きますと、渋柿が甘柿に変ります。
金之助　不思議だねえ。木になったまま実が自然に甘くなるわけだね。

（以上の会話の間、漱石は棚の本を取りだして開いては、また棚に戻す。つまり本を選んでいるしぐさを続けながら主人と話している。店員の大島が店に入ってくるまで続ける）

主人　実が色づいても、まだ渋いんです。

金之助　甘くなったとわかるのは？

主人　鳥がついばみ始めたらです。

金之助　なるほど、鳥に教えられるわけか。

主人　鳥はりこうですね。渋いうちは決して近づきません。赤くなっても騙《だま》されません。

金之助　鳥は何で甘く変ったと判断するのかね？

主人　陽気じゃないか、と思います。

金之助　それで小春、か。

主人　柿の名に小春は妙だ、と最初おっしゃいました。

金之助　女の名前かと思ったからさ。

主　人　近松門左衛門の心中天網島《てんのあみじま》ですか。渋さと甘さを兼ね備えた遊女紀伊国屋小春。正岡さんも、そのように受け取ったようです。

金之助　柿の名と聞いて紙治《かみじ》も首かしげ、だな。

（注・小春に惚れた紙屋治兵衛、略して紙治）

主　人　洒落《しゃれ》た名前だ、と感心しておいででした。

金之助　美濃《みの》とか西条《さいじょう》、御所《ごしょ》、蜂屋《はちや》など、産地名にしたものが多い。次郎柿、紋兵衛柿など人の名をつけたものもある。小春は当家のみに通じる名、これは珍しいのではないか。

主　人　風流な先祖がいたとみえます。

金之助　子孫は見習うべきではないかね。誰もかも先生ですませるようでは、安直すぎる。お前さんの人柄が問われる。

主人　赤恥かいたところで柿の話は掻《か》き捨てといたしやしょう。

（そこに店員の大島が使いから戻る。同時に娘の東洋子《とよこ》が二階に上がってきて、子どもっぽくひと思案したのち、本の山の蔭に身を隠す）

大島　夏目さん！

金之助　おお、勤労青年。相変らず明朗だね。

大島　夏目さんもお元気そうで何よりです。

主人　これ、夏目さんなどと気安く。

金之助　小春でめでたく決着じゃなかったのかい？

主人　あっ、とさようでしたね。（照れ笑い）

そうそう、夏目さん、『北斎漫画《ほくさいまんが》』を先頃入手しましたが、ご覧になりますか？

金之助　お門違いじゃないかね。私のふところ勘定で賄《まかな》える代物《しろもの》じゃない。

主人　いえ、それが十五冊揃っていなくて、二冊欠本、それも天保版や明治十年版などの入れ込み本なんです。値段はともかく、まあ、話の種に見て下さいまし。刷《す》りは上々で、虫食いも少のうございますから。（大島に）窓ぎわに置いてあるから、持ってきておくれ。

大島　かしこまりました。（と奥に入る）

主人　北斎という画家は何ですか、相当の変り者だったそうですな。生涯に引っ越しを六十回もしたそうで。

金之助　（書棚を見ながら苦笑）私だって熊本に来て二年というのに六回だ。北斎を笑えない。

主人　まあ、あちらさんはご趣味の転居じゃありませんか。一日に三回も変ったそうですし、江戸時代は家賃も当世と違って安かったでしょうから、それに……

金之助　（目は書棚に張りつけたまま、右手で制す）

主　人　あ。

（金之助は何か見つけたようである。一冊を棚から抜きだし、熱心に繰り出す。主人これを見て、書き物の続きに）

二階の書庫

（大島が階段を上がってくる。東洋子、「わっ」と声を出さずに本の蔭からとびだす。大島、驚いたふり）

東洋子　つまんない。

大　島　びっくり箱の効果は一回こっきりだよ。隠れているのは、わかっているもの。

東洋子　それより、話してくれた？

大島　話せなかった。やっぱり、まずいよ、今は。永楽堂《えいらくどう》さんだって相談されてこまるだろうと思ってさ。

東洋子　でも、時間を置くと、何も知らない永楽堂さんはどんどん事を進める。なぜもっと早く言ってくれなかったか、って恨まれるのが落ちよ。

大島　（『北斎漫画』を探しながら）旦那に直接頼んでみるよ。

東洋子　本当にできるの？

大島　考えたんだけどね……

東洋子　ほら、腰が引けてる。

大島　夏目先生に相談しようと思うんだ。先生なら良い知恵を授けてくれる気がする。今、お店にいらしてる。

東洋子　なら、絶好の機会よ。

大島　二人きりで話したいんだ。本を届けがてら、その時間を作ってみるよ。

東洋子　とにかく、のんびりできないのよ。父はせっかちに話を進めているし。学者先生も乗り気だというし。

大　島　東洋《とよ》ちゃん、本心は実際のとこ、どうなの？　おれなんかより、学者先生の方が好きなんじゃないの？

東洋子　ばかね。いいこと？　学者先生こそ私が好きなのじゃなく、この店の古書が好きなのよ。私と結婚するんじゃなくて、本と結婚するんだわ。父が同業の永楽堂さんに仲人を頼んだのも、永楽堂さんの昔からのお得意だからよ。

大　島　おれだって古本好きだぜ。

東洋子　でもあんたは古本屋の客じゃないわ。売る側だもの。

大　島　どうしてトヨちゃんは、古本屋の一人娘なんだろなあ。客だったら、こんな面倒くさいことにならなかったのに。

東洋子　なんとか小春主義で行かなくっちゃ。

大島　小春主義？

東洋子　ほら（と窓の外の柿を示し）今は渋柿だけど、甘柿に持っていって、めでたしめでたしにするの。

大島　どこに置いたんだろうなあ。（と探す）

東洋子　店じゃないの？　父はこの頃、上《うわ》の空だから。それに目も耳も衰えたし。頭もね。それを自覚して、せいてるのよ。（階段の下を見て）あら？　誰か来たみたい。裏口の戸が開いた音だわ。（と階段を下りていく）

店

主人　何をぐずぐずしているんだろう？　お客様をお待たせして。先、いや夏目さん、いっそ、お上がりになりませんか？　この間ひと口面白い物を買いましてね。『北斎漫画』の他に、いろいろあります。わが家の書庫を、久しぶりにのぞいて下さいよ。大島に命じて、ご自由にお楽しみ下さい。

金之助　いいのかい？（と靴を脱いで上がる）

主人　どうぞどうぞ遠慮なく。なあに、今更、遠慮するのも水臭いじゃありませんか。ご存じですよね、そこの階段を上がって。

金之助　いや、その前にびろうながら手洗いを拝借願いたいんだが。ともあれ胃の調子が、どうもね。

主人　それはいけない。手洗いは奥です。わかりますか？　東洋子がいるはず。ちょいと案内させます。

金之助　どこの家も手洗いの位置は、大抵決っているだろう。恥ずかしいから、一人でお邪魔する。道連れに及ばない。

主人　（苦笑して）関東の何とやらは無用ですな。

（金之助、奥に入る）

二階

（トントンと階段を上がってくる。前田卓《つな》である）

卓　ごめん素麺うでたらにゅうめん。

大島　あ、いらっしゃいまし。卓さんでしたか。

卓　あら？　待ち人《びと》と違いました？

大島　卓さんには、かなわない。

卓　待ち人にはお使いに行ってもらいましたの。山川信次郎先生の下宿に。お言付けがありましたから。でも、悪かったかしら？　逢引に水をさしたのじゃない？

大島　そんな。お口が悪い。

卓　心はよくってよ。逆よりも、よろしいんじゃなくって。

大島　卓さんには歯が立ちませんよ。今日は大事な御用ですか？

卓　これよ。（と小脇に抱えた長方形の箱包みを示す）

大島　何です？　掛軸ですか？

卓　開けてみる？

大島　拝見させて下さい。前田家は書画骨董の宝庫だと、主人が常々申しております。（受け取って、よろめく）ずいぶん、重いですねえ。

卓　（笑う）

（大島、箱をあける）

大島　あれ、刀ですか？（こわごわと、あとずさり）

卓　取って食いやしないわ。（笑う）

大島　どうしたんです、これ？

卓　（無造作に刀を取りだし）研《と》ぎに出すのよ。（腰に差す。体を落

したと思うと、さっと抜く。居合である）

大島　（驚いて、飛びすさる。卓、笑いながらゆっくりと納刀する）

卓　斬りゃしないわよ。

大島　斬られてたまるもんですか。しかし、大した技ですね。

卓　子どもの時から稽古しているんだもの。

大島　乗馬も達人だそうじゃないですか。

卓　達人は世間の皮肉よ。女だてらに馬を乗り回して、が本音の評価だわ。大地主の出戻りのお嬢さんは、欲求不満から刀を振りまわし、馬を走らせている。頭がおかしくなったのか、それとも元々おかしい頭だったのか、と地元の那古井《なこい》ではもっぱらのうわさよ。（笑う）

大島　うわさくらい無責任なものはありません。あんなもの、相手にしてはいけませんよ。

卓　そうそう、大島君は本しか信用していない人でしたもんね。

大島　活字はね、じっくり吟味できるからいいんです。相手の雰囲気に呑まれないですもの。

卓　（窓を見て）おや、柿。柿の木があったっけ？

大島　気がつきませんでした？

卓　ここには何度も上がったけど、知らなかった。柿の木って葉が繁っている時は、見過ごしてしまう木なのよ。実がなって、初めて気がつく。（窓辺に寄って眺める）これ、渋柿ね。

大島　わかりますか？

卓　鳥が寄ってこないもの。

大島　これから甘柿に変ります。

卓　変なの。

大島　皆さんそうおっしゃいますが、どうして渋から甘に移るのが

卓　妙なのでしょう？　逆なら変だけど。どっちにしても変ることが変なのよ。渋柿は渋柿のまま。甘柿は甘柿のまま。それが当たり前なので、人間だって、変る人は信用できないわ。

大島　それじゃ進歩が無いじゃありませんか。（小声で）ここの（指で階下を示し）旦那と同じですよ。

卓　あら、だからいいのよ。大島君は旦那のような型の人間はお嫌い？

大島　嫌いじゃありませんが、面白みはないですよ。

卓　私はね、凝り固まった人が好きなの。頑固一徹。自分でこうと思い込んだら、人が何と言おうと、決して信念を曲げない。

大島　でも、思想によるのじゃありませんか。悪い思想だと……

卓　どなたが思想の良し悪しを決めるの？　人の決めに従うのは、

大島　信念の無い人じゃないかしら。（へきえきして）やめましょう。ええと、私は本を探さなくちゃならないんだった。卓さんも何か探しにおいでだったのでしょう？

卓　そうそう。本よ。柿じゃなく本。

大島　この店の書庫に、断りなく踏み込めるのは、卓さんだけですからね。

卓　なぜ私がその特権を与えられたかというと――大島君は商売柄、お察しでしょう。わが家の蔵書よ。

大島　前田家には宮本武蔵自筆の『五輪書』があるんですってね。

卓　いつか売るかもね。

大島　本当ですか？　当店に？

卓　いずれは売ることになるでしょうね。今すぐというわけにはいかないけど。

大島　旦那が卓さんを大事にするはずです。

（この時若い婦人が店をのぞきこむ。誰かを探している様子。夏目夫人である。主人は気づかぬ。熱心に、何かを書き写している）

卓　私ね、小説を書いているのよ。

大島　凄いじゃないですか。

卓　凄いかどうかはともかく、今日はその資料を探しに来たのよ。

大島　何の資料です。ついでに見つけますよ。

卓　画家が主人公なの。だから絵の本をね。

（夏目夫人は店に誰も居ないのをみて、帰りかける。しかし思い直して店に入ってくる。本を探す振りをして、奥の気配や様子をうかがう。主人、夫人を見る。夏目夫人を知らないので客と思う）

大島　絵の本なら、私が探しているのもそれですよ。

卓　あら、そうなの。偶然ね。

（店。夫人が主人に）

鏡子　あのう、ちょいとお尋ねしますが？

（二階。書庫）

大島　夏目さんというお客にね、見せる約束なんですが。

（店）

鏡子　こちらに夏目がお邪魔しておりませんか？

（同時に）

（二階）卓　えっ？　夏目？

（店）主人　えっ？　夏目？

（同時に）

卓・主人　夏目さんって、五高の先生の？

（同時に）

鏡子　そうです。夏目金之助です。

大島　そうです。夏目金之助さんです。

（同時に）

鏡子　ご存じですか？

大島　ご存じでしたか？

卓　ご存じも何も……（顔を赤らめる）

主人　ご存じも何も、当店をごひいきにしていただいております。

（二階）大島　店にいらしてますよ。

（店）主人　店に（言いよどむ）

鏡子　いらっしゃいますか？　わたくし、あの、夏目の家内でございます。

主人　（狼狽）えっ、あっ、奥さまですか。これはこれは。いつもご主人にはお世話になっております。

(店)鏡子　で、主人は奥でしょうか？

(二階)卓　で、夏目さんはお店に？

(二階)大島　あった。(『北斎漫画』を発見)一緒にお店に参りましょうか？

卓　そうね。きっと夏目さん、私《わたくし》を見てびっくりなさるわ。那古井のジャジャ馬が河杉書店に居るなんて、思いもよらないことでしょう。

(店)主人　さきほどまでここに居らしていたのですが、用事があるからと帰られたのです。

鏡子　(がっかり)そうでしたの。

主人　一足違いでして。

鏡子　では追っかけてみます。その辺で会うかもしれない。(出て行く)

主人　きっと会うはずです。（胸を撫でおろす）
（二階）大島　会えば夏目さん驚くでしょう。
金之助　誰が驚くって？（二階に上がってくる）
大島・卓　夏目さん！
金之助　やあ。これは那古井の。
卓　ジャジャ馬よ。びっくりなさって？
金之助　そりゃあ。（互いにあいさつ）
（店。主人がそわそわと立ち上がり二階の気配をうかがう。そこへ鏡子夫人がいきなり戻ってきて）
鏡子　うちへ帰ると申してましたか？
主人　ひゃあ。（飛び上がる）
鏡子　ごめんなさい。ご主人、どうぞ気を悪くなさらないで下さい。宅の人は、きっと用事をすませて、またここに戻ってくると思うのです。

主人　そうおっしゃられたのですか？

鏡子　いいえ。でも、ある人に教えられたのです。よろしかったら、ここで待たせていただけませんか？

主人　どうぞどうぞ。お茶を出させます。（ドキドキする）

鏡子　お構いなく。私は勝手に待っておりますから。（書棚を眺める。時々、奥にも目をやる）

主人　東洋子、東洋子。（奥に向って呼ぶも返事なし。主人、仕方なく帳場に座る。気まずい沈黙）

（二階書庫では大島が夏目に本を見せる。夏目と卓は肩を寄せあい、画本に見入る）

大島　あれ？　これ、外国の港の風景じゃありませんか？

（注・『北斎漫画』第3編）

卓　本当。建物は西洋館で、立っている人物は、フロックコートの異人さんだわね。

大島　北斎は江戸時代の画家でしょう？　想像図でしょうか？　夏目さん、この左手の、扇の骨みたいな線は何でしょうかね？

金之助　説明文字があるね。ええと、かくの如し、針のすぐなあかりなるべし、と読むのかな。右の建物の採光の構造を説明しているらしい。

卓　海からの日ざしの図解というわけね。

金之助　遠近法の絵ときでもあるようだ。

大島　北斎って大した画家ですねえ。

卓　ほら、下の図はこれは南方の島の人たちを描いているんじゃない？　洋弓を引いているし、木琴を鳴らしている。大きなサンゴもあるし。

大島　恐れ入った想像力ですねえ。

卓　ねえ、大島君、私、この絵本ほしい。あ、と。これ、夏目さんの注文品でしたっけ？

金之助　いやいや。そうじゃない。私は眼福に与らせてもらうだけ。

卓　じゃ、私がいただいてよろしいのね。嬉しい。

大島　旦那に値段を聞いて参ります。

金之助　さすが前田のお嬢さんですな。値も確かめずに決めてしまう。

卓　先生、いや夏目さん。そのお嬢さんは無しとの約束だったじゃありませんか。私も先生と呼ばないのに。

金之助　やあ、そうでしたな。ごめんごめん。おちょくったわけじゃない。

卓　山川さんからも約束を破ったハガキをいただいたので抗議し

ました。

金之助　そうしたら折り返しおわびの手紙をいただいたのですが、一つ、気になることが書いてありました。

山川君はね、おっちょこちょいのところがあって、時々、人をムッとさせることを平気で言うんです。自分では相手を喜ばせるつもりで、気のきいた口を叩いたと思っている。まあ、私にも似たような欠点があるから、山川を責められない。他意はないんです。江戸っ子特有の軽薄、軽率、ケイワイです。

卓　ケイワイ？

金之助　横文字のKとYです。

卓　どんな意味ですの？

金之助　今日この頃の空気が読めない。Kが今日この頃の頭字で。

卓　今日この頃？　まあ。（大声で）今日この頃の、空気。（笑い

ころげる）

（店）

鏡子　（奥にキッと目をやり）何ですの？

主人　（驚いて）どうしましたか？

鏡子　私の名を呼んだかたがおりましたの。

主人　空耳ではございませんか。

鏡子　いいえ。確かに、鏡子と。鏡子の狂気と。

主人　（うろたえて）そんなことは……いいえ、まさか、聞こえませんでした。何も、いや、本当に。（大仰に手を振る）

（二階）

卓　夏目さんって、オモシローイ。横丁の白犬で、尾も白い。今年の正月に初めて那古井へ山川さんと二人でいらっしゃった時は、山川さんばかりがしゃべって、夏目さんは終始ダンマリ。私、無口なかたなのかと思っていました。

金之助　初めてお会いするので、緊張していたのですよ。

卓　私、全くケイワイだった。

金之助　えっ。今日この……

（店）

鏡子　（キッとして）あら、主人だわ。

主人　（大あわて）何か、また聞こえましたか？

鏡子　私の名を……

（二階）

卓　今日この頃のKでなく、金之助さんのK。金之助さんの心が読めなかった。KY。

（店）

鏡子　確か、金之助と。あの、主人の名前です。どこから、聞こえるのかしら？

主人　（耳をすませて）ああ。（ニッコリ）あれは、裏通りの芸者さんが、お座敷唄をさらっているんですよ。キンノスケと言っているんじゃなく、キンキラキンと歌っているんです。「キンキラキン節」という古い唄ですワ。

鏡子　キンキラキン？

「キンキラキン節」

肥後の刀の
下げ緒の長さ
長さばい
ソラキンキラキン
まさか違えば

玉だすき
それもそうかい
キンキラキン

二階・書庫

卓　山川さんの手紙の、気にかかったことというのは——こんなこと、おたずねしていいのかしら？
金之助　私のことですか？
卓　ええ。私、何にも知らなかったものですから。
金之助　何のことです？
卓　奥様のことです。
大島　あの、お茶を入れて参ります。（席をはずす→階下に）
金之助　山川はどんな風に書いていましたか？

（「おてもやん」が聞こえてくる）
一つ山越え
も一つ山越え
あの山こえて
わたしゃあんたに
惚れとるばい
惚れとるばってん
言われんたい……

卓　奥様が私のことを根ほり葉ほりお聞きになったと。どなたかわからないが、奥様に、あること無いこと吹き込んだ者がいるようだ、と。私、奥様に、申しわけないと思いまして。

金之助　あなたが謝ることはありませんよ。根も葉も無いうわさに、

卓　屈伏するようなものです。堂々と胸を張っていればよろしい。うわさになる大原因《おおもと》は、私のせいですもの。夏目さんも那古井でお耳にしましたでしょう？　私は那古井では、男食いの、二度も結婚に失敗した、ジャジャ馬で通っている女です。私と会った男の人は、誰でもうわさの種にされてしまいます。

金之助　先生、それで、奥様は？

えっ。いや、元気でおりますよ。うわさのことなんざ、これっぽちも気にしていません。

卓　先生、ごめんなさい。

金之助　先生の呼称は、使わない約束ではなかったかね。

卓　ごめんなさい。私、何もかも知っているんです。山川さんから聞いたのではありません。山川さんは教えて下さらなかった。父から聞いたんです。父の前田案山子《かがし》は警察のお

金之助　偉方とツーカーの間柄ですから。かつては自由民権運動の闘士、第一回衆議院議員。それこそ代議士先生だ。情報収集は、お手のものでしょうからね。

卓　奥様、白川に飛びこんだんですってね。

金之助　足をすべらせて落ちたのですよ。

卓　私のことを邪推して。

金之助　入水《じゅすい》じゃない、事故です。

卓　私のエゴのために。

金之助　過誤です。あやまち。あやまり。

卓　あやまるのは私です。私の軽はずみな言動が、奥様の疑惑を招いたのですから。

（店）

鏡子　疑惑？（突然、大声を発して、主人を見る）疑惑ですって？

主人　何でしょう？

鏡子　疑われても仕方がありませんわ。何もかも白状します。ご主人はご存じなのでしょう？

主人　何のことやら、さっぱり。

鏡子　いいえ。ご存じのはず。宅の人は新聞に出ないよう、あらゆるところに手を回したようですが、そして確かに新聞種にはならなかったけど、新聞を読まない人まで知っているという、妙ちくりんな結果になりました。隠し通せるものではありません。新婚の、五高教授夫人、夫の不貞に悩んで入水自殺を図る。新聞で報じられなかったため、その分、うわさは増幅されて広がったのです。

（二階）

金之助　そんなことはない。

（同時に）

卓・鏡　いいえ。

鏡子　隠したから、うわさになったのです。

卓　隠さなかったから、評判になったのです。

主人・金　何のこと？

鏡子　隠すように、わたくしが仕向けたのです。

卓　隠さなかったのは、私の主義です。

主人　仕向けた？

金之助　主義、だと？

卓・鏡　女の浅はかです。浅慮。

金之助　遠慮？

鏡子　無思慮。

主人　むしろ？

鏡子　わたくしが宅の人の気をひくために、狂言自殺を試みたのです。狂言だと、白状できなかった。言いそびれてしまった。ずっと隠してしまった。

卓　いいえ。隠さなかった。夏目さんの気をひくつもりで、私《わたくし》は私を実像以上に悪く見せた。そのうえ、夏目さんと私の仲がうわさになるように仕向けた。私は山川さんが皆に言い触らすだろう、と願っていた。なぜなら山川さんは、夏目さんと私が馬が合うのを嫉妬していたし、私に流し目をくれていたからです。

鏡子　わたくしは卓さんに嫉妬していたんです。だって卓さんの魅力は、宅をして季節の行事を忘れさせるほどだったのですもの。今年のお正月のことですよ。あの人は正月というのに、山川さんと二人で那古井温泉に出かけてしまった。卓さんに会いに行ったのです。わたくしは東京の人間でしょう。お正月三が日は、家族が集まって屠蘇《とそ》と雑煮で祝うものだと信じていた。まして結婚して二回目の正月、夫婦水入らずでお節料理を、と望むのも無理でないはず。わたくし、一所懸命に、お節の数々をこしらえたのです。大みそかの朝から。お煮しめ、コブ巻き、酢バス、黒豆、宅の大好きな栗キントン。

卓　キンカンじゃありません。あれは河内小ミカンといいます。那古井のおみやげに差し上げたミカンでしょ？

金之助　いや、ミカンじゃない。地震と言ったのです。地震じゃありませんか？（ガタガタと音がする）

卓　（店）ホント。地震だわ。（思わず金之助のそばに）

鏡子　地震？

主人　地震のようですな。

鏡子　わたくし、帰ります。

主人　治まってからがよろしいですよ。危ない。

鏡子　こんな話をしたので、天の怒りを買ったのです。わたくし、何て、はしたない。ご主人、どうぞ宅には内緒に願います。

主人　誰にも話しませんよ。治まったようです。

（二階）

大島　（上がってきて）大丈夫でしたか。結構揺れましたね。

卓　夏目さん、私、近頃、二つの事を始めましたの。

金之助　ほう。なんです？

卓　一つは口笛。

金之助　どうして口笛を。

卓　別に理由はありません。女の私にも吹けるって誇示したかっ

金之助　ただけ。ずいぶん練習しました。

卓　それで吹けるようになりましたか。

大島　自在に。吹いてみましょうか。

卓　（あわてて）あの……（と店の方を示し）お客さま？　まずい？　聞こえないでしょ？

主人　（店）

聞かなかったことにいたしますよ。どうぞご心配なく。

鏡子　あの、ここの店で宅と卓さんが、ひそかにあいびきしている、とわたくしに教えてくれた人がいたのです。それで、わたくし。

主人　誰です？　そんなデタラメを告げた卑劣なやつは？　とんでもない。そいつは奥様をきりきり舞いさせて、喜んでいるんです。奥様が問い詰めても、しゃあしゃあとうそぶくに決っている。

鏡子　口笛よ。（かすかに聞こえる）

主人　いや、口笛でなく、ホラを吹くはずです。

鏡子　帰ります。お邪魔いたしました。

（いったん退場。主人が奥に入ろうとする。鏡子、再び店に現われ、店内を見回し、小首をかしげて去る。口笛が気になったものと見える）

（入れ違いに奥より大島、金之助、卓が店に。大島は『北斎漫画』を抱えている）

金之助　なんだ、客はいないではないか。

大島　確かに一人いらっしゃったのですが。女のかたが。

金之助　ご主人、女の客だって？　珍しいではないか、古本屋に女の客は？

主　人　いいえ、誰も来ておりませんよ。当店にそのような奇特な客があったなら、明日は雪に決ってます。何しろこれですからね。（と頭を示す）

金之助　恐がって逃げるか。

主　人　これには、（と大島に顎をしゃくり）これからの古本屋は、女の客を開拓しなければやっていけない、と言われているんですがね。

金之助　その通りだ。大島君の言う通り。古本屋は古い思想を売るのだが、一方で新しい考えを買わなくては、在っても無いのと同然の商売になってしまう。古い物をありがたがる骨董商とは違うはずだ。意識は常に進歩的で、人間は古風である。これが理想じゃないかなあ。親父さんは人間も考えも古風すぎるんだよ。

卓　いえ。ご主人の古風は愛敬だわ。なまじ新しがらないだけご立派、一本、筋が通っています。進歩ぶって、下駄に背広を着て歩いている人間より、よっぽど増し。チョンマゲを結っていても、武士の心を忘れていませんもの。

金之助　これは手きびしい。私も下駄背広の口だな。

主人　いやあ、耳が痛い。私はさしずめ見た目武士ですな。心はとても……

卓　本当の武士は、小春を感じとれるナイーブな人だわ。

主・金　小春？

卓　ここの庭の柿よ。小春日和で渋柿が甘く変るんでしょ。小春かどうかわからない野暮天や朴念仁《ぼくねんじん》では、どうしようもない。渋のまま、人に嫌われるだけじゃありませんか。私の好きな頑固一徹は、自分が信じる思想を変えないことで、でもその思想は間違っていないこと、間違っているとわかったら、間違いを認めて正しい方向に進める。そういう自分を愛する人。

主人　卓さんの規格に合わぬ頑固一徹は、退散することにします。

（立ち上がる）

大島　旦那、何か。

主人　いや、卓さんに見せたい本を思いだした。取ってくる。

大島　あの、わたくしが。

主人　お前にゃわからん。『北斎漫画』を探すのに、こんなにも時間がかかっている。役立たずが。

大島　恐れいります。

（主人、奥に引っ込む。そこへ、風呂敷包みを背負った男が店に）

セドリ師松吉　おあったかでございます。

大島　あ、いらっしゃい。

（男は上がりがまちに腰を下ろし、背の荷をおろす。金之助と卓は男を見る。金之助、オヤ？　という顔）

金之助　もしや？

松　吉　（見て）あっ。金ちゃん！（立ち上がる）

金之助　松っちゃん！

（大島と卓、あっけにとられる）

金・松　（同時に）

松　吉　どうしてここに？（二人、呆然）

金之助　違いねえ。びっくらするのも無理もねえや。二十数年前の金ちゃんが、熊本の古本屋に立っているんだもの。こっちのセリフだよ。書道の修行に中国へ渡ったと聞いていた松っちゃんが、こんにちは、って現れるんだもの。

松　吉　小学校以来だねえ。

金之助　古本屋で会うのも、奇縁だねえ。

松吉　本当だ。金ちゃんと親しくなったのも、一冊の古本がきっかけだもの。

金之助　忘れないよ。

卓　小学生で古本屋に出入りしていたのですか。

松吉　いや、そうじゃない。ありゃあ、小学四年の時だったかな。おいら、友だちに頼まれて、金ちゃんに古本を売りに行ったんだ。五十銭で売ってきてくれ、と言われてね。

金之助　二十五銭なら買う、って、ねぎったっけ。

松吉　どうせ人の本だもの。いいよって二十五銭受け取って、友だちに渡したんだ。そしたら翌日友だちが親父にめっかかって怒られたって、おいらに取り返してくれって頼む。仕方ないから金ちゃんにあやまったさ。こうこうこういうわけで、先方の親父がカンカンなんだ。二十五銭じゃいくら何でも安すぎるって。

金之助　じゃ返すよ、と本を返した。

松　吉　それじゃあ金を、と出したら、金ちゃん受け取らねえんだ。

金之助　そりゃそうだ。いったん買った以上は、本は私のものだ。

松　吉　だから金を返すというんじゃないか。

金之助　金は取るわけにいかないよ。本はあげるんだ。ほしければ、やるんだから、本だけ持っていったらよい。

松　吉　そう言うんなら持ってくよ。だけど金ちゃんもつまらないじゃないか。つまらない意地を張ってさ。

（二人笑って）

金之助　というようなことがあったねえ。

松　吉　あのことが妙に頭にこびりついていたんだね。古本の値段に

金之助　興味がわいてね、とうとう古本屋になっちまった。

松　吉　古本屋に？　書道家の道をやめてかい？

金之助　書道家じゃ飯が食えない。書の道具、硯や墨や筆などを商《あきな》っていたんだがね、利が細くてね。活字の方がうまみがある、と鞍替えしたのさ。

松　吉　で、どこで商売を？　まさか、熊本じゃあるまいね？

金之助　店かい？　店は無い。

大　島　というと？

金之助　古本屋なんですが、セドリ師といいまして、店を持たず、古本屋相手に商売しているんです。

松　吉　何だかわからないな。

金之助　たとえばさ、東京の古本屋でこの本を（と傍らの本を一冊手に取ってかざす）探してくれ、と頼まれる。おいらは全国をまわって探す。

金之助　全国を？

松　吉　首尾よくめっけて、利ざやを稼ぐ。

金之助　ほう。商売になるのかい？　そんなに本を探す人はいるのかい？

松　吉　なに、頼まれ仕事をこなすだけじゃない。こっちの古本屋で安い値段の本を見つけたら、あっちの古本屋に売り込むんだ。古本屋を回るだけで、稼ぎになる。

大　島　買い出しも、なさるんですよね？

金之助　買い出し？

松　吉　蔵書家を探して不用の本を譲ってもらい、古本屋に売り込むんだ。おいらが本を運ぶんじゃない。売る客を古本屋に紹介して、手数料をもらう。要するに、手ぶらでの商売だ。

（民謡「のんしこら」が聞こえてくる）
オヤは鈍《どん》なもの
紫茶《しばちゃ》に迷うて
ノーンシコラ
知らぬ他村《たむら》に娘やる
アラよかノーンシノンシ
ホッホよかよか
良《ゆ》うなかばってん
どうしゅうかい
勘忍《かんにん》さアい
勘忍《かんにん》さアい

（二階書庫に主人、現われる。窓の外をじっと見ている）

（店。松吉、オヤッと書棚に目を。何かを見つけたらしい。書棚に寄って）

松吉　おお。あった、あった。（本を抜き出す。何冊も抜いて、手に持つ）

松吉　番頭さん。一年ぶりに顔を出した甲斐があった。大収穫、大収穫。

大島　よかったですねえ。

金之助　なるほど、いい商売だねえ。

松吉　金ちゃん、一杯おごるぜ。

金之助　ソバかい？

松吉　一杯といったら酒でしょうが。

金之助　ところが、おあいにくさま、江戸っ子の隅にも置けぬ、こちらは下戸さ。

松　吉　隠れ上戸《じょうご》じゃないのかい？

金之助　正真正銘の下戸。や！（と本を見つける）

（「のんしこら」がずっと流れている）

（二階書庫。東洋子が現われる。父に気づく。店では金之助と松吉、卓の三人が本に夢中）

東洋子　お父さん、何を見ているの？

主　人　東洋子か、どこに行っていた？

東洋子　山川先生の下宿。前田卓さんのお使い。ついでに本の注文を承ってきたわ。

主　人　（窓の外に目をやったまま）そうか。（ひとりごとのように）小春も一つ味見をしてみるか。

東洋子　まだ早いわよ。

主　人　そうは言うが、去年は収穫時期が遅かったから、大抵、熟して落ちたじゃないか。もったいないことをした。今年は差し上げる先も多いし、慎重に見きわめないといけない。

東洋子　お父さん、永楽堂さんのお話だけど。（正座する）私、どうしても気が進まないんです。お断りしては、いけない？

主　人　（窓から離れ、ふりむいて）お前、誰か好きな者がいるのか？大島は、だめだよ。あれはおれと古書の好みが全く異なる。お父さんが折角築いた店のおもむきが、がらり変るのは耐えられない。お前の婿は、お父さんの好みと全く同じ男でなくてはいけない。お前はわがままと思うだろうが、男手一つでお前を育ててきたおれの、唯一のわがままだ。これだけは、譲れぬ。

東洋子　（泣く）好きでもない人と、ひとつ屋根の下で暮らすのは、いやです。

主　人　暮らすうちに好きになるものだ。

東洋子　だから大島を好きになったんです。

主　人　大島？　お前、まさか、大島と肉の関係は無いだろうな。

東洋子　なんて、いやらしい言い方。お父さん、大きらい。

主　人　よほど親しくならなければ、相手を呼び捨てにするものか。

東洋子　もう、いや。私、ここを出ていきます。（立ち上がって階段の方に行きかけ、けつまずく。卓が置いていった刀の箱である）痛い。

主　人　はてな。その箱は何の本が入っていたかな。（箱に手を）近頃もの忘れがひどくてこまる。（刀をとりだし）や？　変だな、道具を引き取った覚えはないが。居合刀？（抜く）

（振り返って、絶叫）

東洋子　（主人、刀を抜いた姿勢で）

（店）

（一同、驚く。大島、血相変えて、二階へ。金之助たち、ためらうも、大島のやめて下さい。危ない。の声に、二階へ）

（大島、主人を羽交絞め）

松吉　あっしが店番していますさあ。

（店の部分のみ幕が閉まる）

（二階・書庫）

主人　放せ。誤解だ。わしゃ、何も娘を斬ろうとしたわけじゃない。

（卓、刀を受け取る）

卓　ごめんなさい。私の忘れ物。でも、これ錆刀。斬れない。（さやに納める）

大島　（ぬかずいて）旦那、ごめんなさい。

金之助　一体どうした騒ぎかね？

大島　私が悪いんです。私が煮えきらないために、何かと心配をかけてしまって。

東洋子　いいえ、悪いのは私。私がお父さんに最初から打ち明けていれば、こんなにならなかった。

大島　トヨちゃんのせいじゃない。勇気の無いおれが。

卓　そういうことなのね。で、ご主人はどうして反対なの？

主人　大島とわしは思想が違う。店に置く本の毛色が正反対なんじゃ。

卓　なんだ、そんなことなのね。

主人　簡単に言われるが、これは河杉書店の根幹にかかわる。ひいては、わしという人間の存在否定だ。

卓　店は自分の物と考えるから、追いだしたくなるのよ。客だって、いろいろよ。ご主人の好む本をいやがる客もいれば、大島君の嫌う本が好きだという人もいる。商人は客を選ぶべきじゃないわ。客が店を選ぶべきよ。この店を二人で経営すればよい。いろんな客が来て、今より倍以上にぎやかになるんじゃないかしら。

金之助 いや、ご主人。卓さんのお説の通りかも知れない。若い人の好みも混って、店は面白く充実する。

卓 店の色なんかより、東洋子さんの結婚の方が、よほど重大よ。不幸な結婚だったら、ご主人の大切な店が潰れて無くなるのよ。

金之助 自分の思想がどうのより、思想を主張する舞台が消えてしまう。河杉書店が無くなってはこまる。私には河杉あっての熊本だ。私の生き甲斐なんだ。

卓　これでご主人の悩みは、めでたく解決ね。大島君と東洋子さんを結婚させ、婿さんと一緒に店を切り盛りする。河杉書店には、漢文国文の本と共に、横文字の本や外国文学も並ぶ。楽しいじゃないの。国粋主義も欧化主義も、高等も通俗も、役人も庶民も、下駄も靴も、みんな、分け隔てなく店に入ってくる。わあ、何てすばらしいんだろう。ご主人はこれまでチョンマゲを好む客だけを選んでいたんだわ。明日からは人類みな兄弟、世界はひとつ、ケイワイよ。

主人　ケイワイって、何ですか?

卓　K、河杉書店は、Y、ヤンガージェネレーションのユートピア。

主人　へえ、ケイワイですか。大したもんですねえ。

卓　ご主人も（窓の外を指す）小春を見習いなさい。甘く変らねば、人に愛されないわ。

金之助

私はご主人がうらやましい。どうせ人の子を教えるなら、古本屋のあるじになって、あらゆる人たちに本でこの世の楽しさや真理を広めたかった。私は去年、友人の正岡から、お前さんの将来の目的は何だね？　と手紙で問われ、こう返事した。教師以外の勤めを持ち、余暇に好きな本を読み、自由なことを言い、自由なことが書けたらなあ。勤め先といっても、自分は至らない人間だから、役人や事務員には向かない。図書館の司書がいい。そこで妻の父に頼んだ。帝国図書館というものが設立されるようだが、そちらに勤められるよう、周旋していただけないだろうか、と。妻の父は、貴族院書記官長だから、政治家に口をきいてもらおうとしたんだ。だめだったがね。どうだろう。河杉書店に雇ってもらえないかね？

主人　ご冗談を。夏目さんはあくまで当店の客でいてほしいです。

卓　さあさあ、めでたく手打ちといたしましょう。ご主人の気が変らぬうちに、よろしいですか、まずは大島君と東洋子さんのご婚約、そして河杉書店二代目を嗣ぐこと、この二つをお祝いして一本締めと参りましょう。お手を拝借。よお。

（一同パンと一回だけ手を打つ）

卓　折よく、ご祝儀唄が。

「球磨六調子」

唄は声から雪駄は

縁から男たちよりゃ

女から

親は他国に

子は島原に
桜花かや
ちりぢりに

大島　私、お店に行きます。松吉さんと代わります。
金之助　卓さん、こんな時こそ得意の口笛じゃありませんか。
卓　まだやっと吹くことができたばかり、メロディまでは。
金之助　そうそう、二つ、新しいことを始めた、とさきほどおっしゃられたが、口笛と、もう一つは何です？
卓　小説ですの。
金之助　ほう、小説を書かれた。
卓　書いている最中。
金之助　どんな小説ですか。

卓　お話できる段階ではありませんの。作者の私でさえ、先ゆきどうなるのか、まるで見当がつかないんですもの。

（松吉、登場）

松吉　河杉さん、吉報ですぜ。今しがた店番しながら、帳場の脇に置いてあった『北斎漫画』を見ていたんです。あれ、欠本がありますな。

主人　そうなんだ、二冊。

松吉　欠本埋まりますぜ。端本で売っている店があります。丁度、お宅に無い巻がそこにある。明日にも持ってきてあげますよ。

主人　なんと。近くの同業者かいな。

松吉　灯台もと暗し。永楽堂さんにありやす。なあに、教えたからって、手数料はいただきません。河杉さんが直接お買いになればよろしい。

主人　それじゃ悪い。

松吉　と思ったら、あの小春をご馳走して下さいな。あっしゃ、あの柿が楽しみで河杉さんに立ち寄るんですヮ。

主人　折角ですから、皆さんで味わいましょうか。東洋子、大島に言って、とりあえずいくつかもぎ取らせなさい。

（東洋子、奥へ）

卓　ご主人、『北斎漫画』は完全揃いだとお高いんでしょうね。私、ほしいんだけど。

主人　いえいえ。卓さんは内情をおわかりですから、端本の値段で結構です。まだ揃っていませんし、松吉さんが手数料を取らないと言うのですから、私が儲けるわけにはまいりません。

卓　それじゃ商売にならないわ。

主人　十分になります。卓さんには金銭でなく、大切なことを儲けさせていただいた気がします。

主人　（大島、柿を四つばかり持って現れる。一人に一個ずつ配る）

大島　まだ渋みがありそうな色だなあ。

卓　（卓に小声で）変らない方がいい主義じゃなかったのですか。渋いのを甘くするのも面白い、と気がついたのよ。変らせる醍醐味を。

主人　甘いですか？

卓　さあ、どうでしょうか？

金之助　皆でいっせいにかじってみましょう。

卓　そうね。渋いのに当った人は、外れたと思ってあきらめましょう。

主人　文句言いっこなし。

金之助　では、一、二の三！

（大島をのぞいた四人が、ガブリとかじる）
（一同、世にも渋い顔）
（ストップして）

幕

第二場　庭に一本なつめの木

明治四十三年暮れ　東京・早稲田の古書店
河東書店　奥座敷（裏庭に面す）

登場人物

漱石　四十四歳
卓《つな》　四十三歳
槌《つち》　四十歳
大島　三十三歳
黄興《こうこう》　三十七歳
滔天《とうてん》　四十一歳
孫文《そんぶん》　四十五歳
三階堂踊馬《さんかいどうおどりば》（演歌師）

幕があくと、河東書店座敷

（幕の前）奥座敷へ直接行ける路地の体

（下手より大島と漱石。立ちどまって）

大島　いやあ。本当に、驚ろき桃の木です。あれから十二年たつでしょうか。まだ、信じられません。夏目先生が私の店にお越し下さるなんて。

漱石　先生は、よせって。

大島　ああ、やっぱり、正真正銘の夏目先生だ。その口調、昔のまんまです。（興奮して）先生の呼称、いいえ、やめませんよ。今は誰が何と言おうとも、文豪、夏目漱石先生なんですから。

（歩きだし、ふいに止まって振り返る）だけど、本当に、夏目漱石先生ですよね？

漱石　（苦笑）老けちまったからねぇ。

大島　先生が静養先の修善寺温泉で、血を吐かれて人事不省におちいったことは朝日新聞で読んで、ずいぶん心配しました。十月に修善寺から東京に帰られ、そのまま長与《ながよ》胃腸病院に入院されたと、これも新聞で読んでいました。快方に向かわれている、とあったので喜んでおりましたが、まさか退院なさったとは……

漱石　いや、退院じゃない。入院中なんだよ、まだ。

大島　すると、今日は外出を許されたわけで？（歩きだす、ゆっくり）

漱石　そうじゃないんだ。無断外出なんだ。風もなく、おだやかな陽気だろ？　髪を調えたくなってね、つい、フラリと病院を抜けだしてしまったんだが、考えてみると、頭をきれいにしたら、無断外出が露顕してしまう。散歩に切り換えて、ブラブラしていたら、君の店を発見した、というわけだ。

大島　去年の春に、開店したんです。

漱石　熊本の、河杉《かわすぎ》書店のお嬢さんはどうした？　結婚しなかったのか？

大島　しました。こちらの店は熊本の支店という形なんです。先生、店の屋号にお気づきじゃなかったですか。

漱石　河東《かわひがし》書店という看板だったかね。

大島　河杉書店東京支店の意味で、名づけたんです。河東《かわとう》書店といいます。

カミさんの名前の東洋子も含まれています。

漱石　本店の親父さんも元気かね？

大島　年のせいか、めっきり弱りまして。ほら、先生の幼な友達のセドリ師の松吉さん。あの方が親父を手伝ってくれています、住み込みで。

漱石　えっ？　セドリ師をやめてかい？

大島　話すと長くなりますが、いろいろ事情がありまして。東京支店を出すことも、親父や私ども夫婦の考えというより、前田卓さんの意向で決まったんです。

漱石　あの、ジャジャ馬の卓さんかい？

大島　お金を出して下さったのです。

漱石　それはいいが、親父さんは不自由だろう。松吉がいるとしても、男二人。松吉が料理や洗濯をすると思えん。

大島　東洋子が何カ月に一回か、熊本と東京を行ったり来たりしています。

漱石　そりゃ大変だ。君、金もかかるが、体がきついよ。（立ちどまる）君、奥さんの健康を考えて、そんな無茶なことはやめたまえ。親父さんの方は家政婦を一人雇えばすむことだ。私はね、死の一歩手前まで行った。だから、断言できる。三度三度の飯を、おいしく食べられる。これに勝るしあわせは無い。

大島　ええ。（あたりを見回す）私も、そう思います。

漱石　そう思うなら、そのようにしたまえ。ところで君、どこまで歩く。店の裏手にあるはずの座敷が、ばかに遠いじゃないか。

大島　遠回りしているものですから。

漱石　何かわけがあるのかね？

大島　先生を驚かせたいんです。

漱石　珍しい人に会わせてくれると言ったね？

大島　そうなんです。それで、思わせぶりに、うんと遠回りして店の裏木戸に向ったわけです。

漱石　驚ろき桃の木山椒の木は、何かね？　もしかして、熊本にい

大島　るはずの松吉じゃないのかね？
大島　（含み笑い）先生、当ててごらんなさい。
漱石　松吉じゃないとすると、河杉の親父さんかい？
漱石　先生、その人と面会するためには、合言葉が必要なんです。覚えて下さい。先生の方から、声をかけて下さい。
大島　赤穂浪士《あこう》みたいだな。厄介だね。
漱石　先生が「青《せい》」と言ったら、相手が「天《てん》」と答えます。次に相手が「白《はく》」と問います。そしたら先生は「日《じつ》」と返して下さい。
大島　青天白日？　今日のような、よく晴れてすがすがしい日和《ひより》のことだね。
漱石　青天白日の身ともいって、無罪であることが明らかになった意味もある。合言葉が通じねば、面会できぬ人間って、ハテ、

大島　誰だろう？
　　　驚ろき桃の木、いや、先生、あれをご覧下さい。（前方を示す。上手に二本の木。柿と棗《なつめ》）
漱石　驚ろき柿の木ナツメの木、です。
大島　どういうこと？
漱石　あの柿は河杉書店にあった小春です。若木を移植したんです。まだ実はつけません。傍らの木は、ナツメです。中国から留学してきた人に、贈られて植えました。
大島　私の姓と同じ名の木だね。
漱石　だから喜んでちょうだいしたんです。尊敬する先生の名ですから。
大島　驚ろき柿の木ナツメの木、か。
漱石　（唇に指を添え）しっ。先生、いいですか。青天白日ですよ。

忘れちゃいけませんよ。それでは私は店に戻ります。ゆっくり、珍しいかたに会って下さい。積もる話が、尽きないはずです。

（二人、いったん上手に消える。幕開く。柿とナツメの木はすばやく下げる）

奥座敷

（庭の柿とナツメが窓の外に見える。卓が鏡台前で化粧。下手に男二人、座って見ている）

卓　（鏡台の前から立ちあがり）さあ、できた。（ロシアパン売りの口真似で）できたての、ホヤホヤー。ロシアパンいかがですか。

槌　ツウちゃんは、まだ？

（びょうぶの蔭《かげ》から）お姉さんたら。せっかく秋瑾《しゅうきん》さんになり

卓　かかったというのに。私は前田槌《つち》ではありません。女烈士、秋瑾です。

槌　その調子、その調子。

（びょうぶの蔭から槌、現れる。うしろ鉢巻、袴の股立《ももだち》を取る）

卓　お姉さん、どうかしら？　似てる？

槌　なによ、秋瑾さんになりかかっていて、お姉さんはないものだわ。

何て呼べばいいの？

卓　私はね、ばあや。名前は無いのよ。ばあやでいいの。

（見ている男の一方は宮崎滔天《とうてん》。他方は孫文《そんぶん》）

滔天　名前があった方がいいのではないかね。名無しじゃ、警察が怪しむよ。現に、その姿を咎められたわけだろう？

卓　咎められたけど、ばあやで通したわ。この（と槌を指し）お

槌　嬢さまのお邸に、十五の年から六十年お勤めしております、って説明したら、感心していたもの。名前を言ったら安っぽくなる。

卓　（ぷっと吹きだして）しかし姉さん、ずいぶん化けたわね。まさに七十五の老女よ。

うまいもんでしょ？　簡単単簡一炊《いっすい》の夢《ゆめ》よ。髪に椿油《つばきあぶら》を塗って、おしろいの粉をふりまいて、櫛で梳《す》くと、ああら不思議、四十三歳の美魔女が、七十五の気品あふるる媼《おうな》に早変り。浦島太郎の玉手箱ね。

滔天　しかし、同じ変装は、たびたびは使えんだろう。

卓　もち。この剣舞姿のお嬢さまとばあやの組み合わせは、一回こっきり。

秋瑾さんが、どうしても刀を差して歩きたい、と望むから、考えた末に、剣舞を思いついたわけ。刀は、おもちゃだったけどね。

滔天　（孫文に）何しろ秋瑾は、病的な日本刀愛好家でしたからねぇ。

孫文　うん。恋人は日本刀だと広言していた。若い男はだから恐がって近づかない。あんな美人なのにねぇ。そう言えば、槌さんは秋瑾に似ているね。

槌　あら、ホント？　お世辞でも嬉しい。

孫文　お世辞じゃない。そっくりだよ。

卓　しっ。（と皆を制す）

（声。漱石が上手で「もしもし。ごめんなさい」と言っている）

卓　どなた？（小声で皆に）裏木戸から庭伝いに入ってきたらしい。変ね、大島君に断り無しで。

漱石　（大声で）「青《せい》」。

卓　夏目です。

漱石　（皆に合図。槌ら三人、びょうぶの後ろに隠れる）

卓　姓は、夏目と申します。ああ、いや、「天《てん》」だ、「天」。

漱石　「白《はく》」

　　　「日《じつ》」

　　　（卓、扉を開ける――幕の蔭から漱石現われる）

卓　夏目さん！

漱石　ええと、どなたでしたかな？

　　　（手を打って、けたたましく笑う）

卓　前田、卓、さん？

漱石　那古井のジャジャ馬ですよ、かつての。

卓

漱石　えらく老けましたな。

卓　（笑いながら）苦労をしたんですよ。

漱石　（小声で）七十五歳ですもの。
それにしても、何だか。

卓　（大声で）七十五？　からかっちゃいけない。
（びょうぶに向って）皆さん、ご安心下さい。密偵でも、怪しい者でもない。『吾輩は猫である』の文豪、夏目漱石先生ですよ。『草枕』でわたくしをダシになさった小説家の漱石先生。
（まず、槌が出てきて、礼をする）

卓　ご紹介します。わたくしの妹の槌です。四十歳。三児の母。
（滔天が出てくる。会釈《えしゃく》）

卓　槌の亭主、宮崎寅蔵《とらぞう》。四十一歳。滔天と号する革命家です。
一時、浪花節の桃中軒雲右衛門の弟子になり、桃中軒牛右衛門と名乗って各地を語り歩いておりました。

（孫文、現れる。微笑みながら一礼）

卓　孫文さんです。字《あざな》は逸仙《いっせん》。中山《ちゅうざん》と号します。清朝《しんちょう》政府から一万円の懸賞金が出ているお尋ね者。当然です。腐敗した清朝を倒して、漢人による新しい政府を作ろうと画策している人物ですから。一八六六年生まれの四十五歳。

漱石　ほう。私より一つ上だ。

孫文　先生の誕生日はいつですか？

漱石　私は陰暦で一八六七年一月五日、現在の暦で二月九日です。

孫文　私は前年の十一月十二日。たかだか三カ月ほどの兄貴分ですよ。

漱石　なるほど、誕生日で計算すると、そうなる。

滔天　われわれ日本人は、歳の差など気にしないで交際しますが、中国の人は長幼序ありの教えを受けていますから、一日単位で兄弟分の格を決めるようです。

孫文　革命には特に大事なんです。どちらが兄貴分か弟分かで、発言の重みが違ってきます。

漱石　厄介なものですな。

滔天　要するに、そうしないと、まとまらんのですよ。

漱石　ところで、剣舞のお稽古《けいこ》ですか？

卓　わたくしが、どうしてこんなに老けてしまったのか、皆に説明していたところです。

漱石　大病をなさった？

卓　（笑って）革命病という病気にね。

孫文　先生は小説をお書きになられるかたですから、私たちの試みを馬鹿げたことと軽蔑なさらんでしょう。実は私は中国に革命を起こすべく、同志を募《つの》りました。日本に留学している中国の若者たちが、やはり同じ目的で小さなグループを作っていました。

滔天　孫さんはそれらグループを合同して、中国同盟会を結成、日本人の私も及ばずながら尽力いたしました。

卓　わたくしも義弟にあおられて、革命熱にうかされるようになりました。実は河杉書店の主人をそそのかせて、東京に支店を出させたのも、わたくしです。

漱石　大島君に聞きましたよ。お金も工面されたとか。

卓　同志たちの集会場所にしたかったのです。

滔天　古本屋は、隠れ家に最適なんですな。いろんな人種が客として出入りする。少しも不自然でない。

卓　インテリが多いから、思想運動の拠点には打ってつけなのです。

漱石　しかし、若い夫婦を巻き込むのは、感心しないな。

卓　いいえ、違うんです。むしろ、大島夫婦が積極的で。この座敷は最初、客寄せで寅蔵が浪花節を語る場に使っていたんです。

滔天　古本屋の客を開拓するために、わが半生記『三十三年の夢』を、毎晩連続で語っていたんです。

（いきなり、うなりだす）響きなば花や散るらん吉野山、さりながら、誘う風にも散るものを、何ぞひとり鐘つき坊主の心なきをのみ恨むべけん。

卓　『三十三年の夢』を聞いていた東洋子さんが、感動し、寅蔵の運動に共鳴してしまったんです。東洋子さんが夫を説得し、この座敷を中国同盟会に使わせてくれたのです。

漱石　なるほど。道理で、ここに案内してくれた大島君が、いやに

卓　人目を気にしていたわけだ。すっかり、革命家気どりだった。

(しっ、と漱石を制す。一同、緊張)

「青」

(上手より)

黄興　「天」(新聞紙包みを抱えて登場)

卓　(漱石に)ご紹介します。中国同盟会の幹部の、黄興《こうこう》さん。三十七歳。こちら、わたくしの古い思いびと。小説家の夏目漱石さん。

黄興　存じております。『それから』『門』夢中で愛読しました。『それから』に出ておりました物を、買ってまいりました。

卓　『それから』に出てきた物って?

黄興　これです。(一同の前に新聞紙包みを広げる。中から焼き芋が五本)しまった、お客さまの分が無い。

卓　いいわよ。私の分を、思いを込めてわたくしの思いびとに差し上げますから。どうぞ。（とまず漱石に一本渡す。そして各自に一本ずつ配る）『それから』に焼き芋の場面あったかしら？

黄興　大あり名古屋。誠太郎《せいたろう》という子どもがね、夏になると焼き芋屋が氷水屋に変化するでしょう？　誠太郎はまっ先に駆けつけて、「汗も出ないのに、氷菓子（アイスクリーム）を食うものは誠太郎である」

漱石　よく覚えておられますな。当の作者は、すっかり忘れている。

黄興　誠太郎って、先生のことじゃありませんか？

漱石　いや違う。似た名前の子が昔いた。その子はね、氷菓子は焼き芋が化けた物だと最初は本気で思いこんでいた。

（一同笑う）

黄興　そのエピソードの方が面白いのに。

漱石　それを書くと理に落ちてしまってつまらない。書かない方が、誠太郎の顔が見えるでしょう。

滔天　なるほど。こりゃあ貴重な創作の一方法を承《うけたまわ》りましたな。

卓　ところで先生、『吾輩は猫である』という小説で、一つ、お尋ねしたいことがあるのですが。

漱石　先生は、よしましょうや。何ですか？

卓　お店にあの本あるかしら？

黄興　あるはずです。この間、僕が売ったばかりですから。

卓　でも先生の本は、右から左で、丸で貧乏人のお札のように無くなるって、東洋子さんが言っていたわ。

槌　借りてくる。（上手へ）

漱石　『吾輩は猫』の質問は、テキストが届いてから承るとして、先ほどの私の疑問にお答え下さらんか。

卓　何でしたっけ？
漱石　あなたが急に老けられたわけ、ですよ。
卓　（笑う）にわか、ですよ。
漱石　だから、にわかに老いた理由をお聞きしているのです。
卓　そのにわかでなく、座敷で行う即興の寸劇ですよ。ほら、博多にわか。あれです。
滔天　茶番狂言というやつですな。
卓　それをね、これからやろうとしていたんです。ちょうどいい。先生、いや夏目さんも加わって下さいな。
漱石　いや、私は、とても。茶番を見る側になりますよ。
（槌、『吾輩は猫である』を持ってくる）
槌　姉さん、これね。（渡す）
黄興　この間まで私の蔵書だった本です。

卓　ええと（本をめくりながら）元の持ちぬしの黄さんなら、覚えているかしら。金田夫人が寒月《かんげつ》さんの素行《そこう》を尋ねに、苦沙《くしゃ》弥《み》先生宅にやってくる場面。迷亭《めいてい》さんがいて、自分の伯父の話をするでしょう？

黄興　ああ。それ、第三章のまん中辺です。

槌　まあ、凄い記憶力。

卓　（探しあてて）そう、ここ、ここ。「やはりその十九世紀から連綿と今日まで生き延びている」、これ、これ。「それがただ生きてるんじゃないです。頭にちょんまげを頂いて生きてるんだから恐縮しまさぁ」。この伯父さんは、河杉書店のご主人がモデルでしょ？

漱石　卓さんには、かないませんなぁ。

卓　夏目さんこそ。『草枕』のモデルにされたわたくしには、問う権利があるはずよ。

滔天　「智に働けば角が立つ」

黄興　「山路《やまみち》を登りながら、こう考えた。」『草枕』の書き出し。暗記しましたよ。

滔天　「智に働けば角が立つ」

槌　「情《じょう》に棹《さお》させば流される」

黄興　「意地を通せば窮屈だ」

孫文　「兎角《とかく》に人の世は住みにくい」

卓　ねえ、夏目さん、笑い話として聞き流してね。『草枕』が出版された時、那古井でこんな戯《ざ》れ歌《うた》が流行《はや》りましたの。小説の書き出しをもじって。

槌　「情に棹させば流される」

卓　私の名は漢字で茶卓の卓と書くから。（歌いだす）棹という字を分解すれば、卓《つな》に木がある草枕、卓のなさけに流される。

槌　それなら私の名は、木扁に追うだから。

滔天　（歌いだす）槌という字を分解すれば（自分を右手で示し）ボクを慕って追う女。

槌　（ぶっ真似）しょってるワ。

孫文　ハハ。仲がおよろしい。

滔天　ついでに。ヤツガレ寅蔵は、（歌う）寅という字を分解すれば、宇宙で一番由《よし》ある八《や》つ。

孫文　なら、私も。（歌う）孫《そん、まご》という字を分解すれば、子々孫々が一糸《いっし》乱れず。

槌　お次は、黄さん。

黄興　私の名は分解しづらいですよ。黄《き》色の黄《き》ですから。

槌　漢字ですもの。分解できない字は無いはずよ。

黄興　（歌いだす）黄《こう》という字を分解すれば。

卓　ヨイヨイ。（合の手）

黄興　廿一《にじゅういち》で故郷田園《でんえん》を八《は》なれたり。

孫文　うまい。黄君が湖南から逃げたのは、二十一歳の時だったのか。

黄興　本当は二十六ですよ。私は湖南省の生まれ、ここは洞庭湖あり、湘江が流れ、中国有数の農業地帯なんです。私が漢口挙兵に失敗して、日本に来たのは、明治三十四年です。

孫文　私と黄君で中国革命の会を立ち上げ、日本にいる留学生を結集したんだ。

卓　（漱石に）ところが若者たちは、孫さんや黄さんの苦闘の歴史をご存じないのです。

漱石　そりゃ無理もない。非合法の活動なら一層のこと。知る人ぞ知る歴史でしょうから。

卓　でも、くやしいじゃありませんか。わたくしは、くやしい。
それで、若い人たちに俄《にわか》を見せることにしたのです。茶番で
先人の苦労を知ってもらおうと、考えたのです。

黄興　卓さんの発案で、私たちの同志だった秋瑾の、日本での活動
ぶりを劇に仕立てたのです。

卓　夏目さんは、むろん、秋瑾をご存じないですよね？

漱石　男の人ですか？

槌　わたくしです。わたくしが、秋瑾。

漱石　なるほど、剣舞をなさる女性ですか。

黄興　私より一つ下。生きていれば、三十六。三年前に死刑になり
世を去りました。

孫文　秋風《しゅうふう》秋雨人《ひと》を愁殺《しゅうさつ》す。これが彼女の絶命詞《ぜつめいし》。辞世です。

卓　十一歳で詩を作ったそうです。

黄興　嘉納治五郎《かのうじごろう》先生が中国留学生のために設立した弘文《こうぶん》学院で、日本語を学びました。この学校の私の三年後輩です。

卓　日本刀が大好きで、日本の武術が大好きで、刀を使った踊りも好き。

漱石　なるほど。それで剣舞を。

卓　わたくしの親友でしたの。

漱石　そういや、卓さんも刀が好きで武道家。馬が合うはずだ。

卓　秋瑾さんとわたくしのある日の一日を劇にまとめたんです。それを孫さんと黄さんに見ていただいて、手直ししてもらおうと。

槌　これから始める矢先に。

卓　夏目さんが。

漱石　水を差したというわけですか。面目《めんぼく》ない。
卓　どうせのこと、夏目さんにも観客になっていただいて。
槌　何かとご助言願えたら。
卓　これに勝《まさ》る喜びなし。
滔天　一同、伏して願いたてまつり候《そろ》。
黄興　日本一の文豪に。
孫文　台詞《せりふ》の一言半句。
滔天　身振りのちくいち。
槌　手振りのあれこれ。
卓　心の動き、胸の内。
黄興　表情、しぐさ、発声法。
孫文　音響効果、鳴り物に至るまで。
滔天　ご指摘ご指導いただけたなら。

槌・卓　私どもありがたきしあわせに存じます。

漱石　待った待った。（普通の調子で）（つられて）いやさ、つがもねえ。添削《てんさく》なんて、柄じゃない。助言なんて、とんでもない。お門違い。私は単なる見物人。笑って泣いて、拍手する。それでよいなら引き受けます。

卓　黙って見ているだけですか。

漱石　私には口を出す資格はない。

卓　日本を代表する知識人の夏目さんが、傍観拱手《ぼうかんきょうしゅ》で無言とは。

漱石　いや、卓さん。傍観はする。拱手といっても、こちらの（両手を組み合わせて胸元で上下する）意味だよ。孫さん、これはお国では敬礼の一つではありませんか。

孫文　その通りです。拱手には二つの意味があって、敬礼と、手を組んで何もせずに居ることです。

卓　（苦笑して）夏目さんには、かなわない。いいわ。敬礼して傍観してちょうだい。焼き芋を頬ばりながら。では、始めましょうか。
黄興　秋瑾のお供で剣舞の発表会に出かけるの場。
（上手で声あり。「青」）
ちょっと待った。折よく、鳴り物、いや、効果音かな、いらっしゃった。「天」（と答える）
卓　なあに？　誰？
黄興　焼き芋を買いに出たついでに、私が頼んできたのです。卓さん、上手に使って、場を盛りあげて下さい。私があらかじめ役割りを教えておきます。（上手へ消える）
卓　一体、何者かしら？　まさか、黄さん、怪しい者に声をかけたのじゃないでしょうね。

孫文　用心深い黄興さんですから、それはないでしょう。

卓　黄さんにぬかりはないと思いますが、今年に入って日本の警察の目も厳しくなったし、ほら、六月に大逆事件の検挙があってから一段と。

滔天　確かに。われわれの革命運動も煮つまるにつれ、スパイも多くなった。

卓　念には念を。（上手に）「白《はく》」。

（上手より、「日《じつ》」の声あり。演歌師（黄興二役）登場。適当に手にしたバイオリンをひき、歌う。たとえば、「東雲節《しののめ》」）

「東雲節」（詞・曲　添田唖蝉坊）

高利貸しでも

金さえあれば

コリヤマタ
ナントシヨ
多額議員で
デカイつら
アイドンノー　ヂスライキ
サリトハ　ツライネ
テナコト　オッシャイマシタ
カネ……

(注・ロパクでもよし。歌い終わって)

演歌師

こんにちは。ごひいきに預かりまして、ありがとうございます。演歌師の、三階堂踊馬《さんかいどうおどりば》と申します。神楽坂《かぐらざか》の花街《はなまち》を稼ぎ場にしておりまして、このような歌を売り物に、お客様のご機嫌を取っております。名刺がわりに、まず一曲。

「虫いくさ」（出久根達郎作詞）
（アレ、虫の音《ね》が降るような）
秋の夜長を、
おめずおくせず、
甘くささやき、
くどきくどかれ、
まんまと丸めこまれ、
押しつ押されつ、
組んずほぐれつ、
抱いて抱かれて、
死ぬの生きるの、
吸いつ吸われつ、
突いたり引いたり、

練ったりこねたり、
しどけなく、
あられもなく、
生きた心地《ここち》せず、
死ぬる境地で、
ああ良い気味、
床《とこ》のいくさに玉の汗、
いきて帰らぬ死出の旅、
秋の夜長を、
アレアレ、飛んで火に入る
虫の息。
（一同、唖然惘然《あぜんぼうぜん》）
（注・ロパクでもよし。時間によりちぢめても可）

卓　黄さんたら何を勘違いしたのだろう？　もうし、三階堂さんとやら。すまないけど引き取って下さいな。あたくしたちの寸劇はね、そんな色っぽい伴奏とは全くの無縁なの。あなたのお代はどうなってるの？

三階堂　前金でちょうだいしました。たっぷりどっさり。こちらはニンマリ。しかし、姐《ねえ》さん、あたしは今はなりわいで色街を流していますが、これでも昔は硬派の演歌師。自由民権運動にひと役買った男です。お望みとあらば、ガチガチの固い壮士節だってがなりやす。一つ、参りましょうか。

卓　（あわてて）いや、壮士節も、わたくしたちにはそぐわない。どちらかと言えば、世相を諷刺するような歌か、または全く無意味な滑稽な歌がいい。

三階堂　百も承知、千も合点でさあ。こんな歌は如何です？

「オッチョコチョイ節」（出久根達郎作詞）
おっちょこちょいが傘《かさ》さす。
さす傘まくれる。
おっちょこちょいがオチョコの傘をさす。
おっちょこ、ちょこちょこ、おっちょこちょいのちょい。

滔天　こいつは、いい。

槌　まさに、アンタよ。アンタが歌われているのよ。

滔天　なるほど。ちょんがれ節（浪花節）うたいになったオッチョコチョイだもんなぁ。

槌　感心しているんだもの。いやんなっちゃう。

卓　いいわ。三階堂さん、その調子で頼みます。あたくしが合図をしたら、劇に似合った演歌を歌って下さいな。

三階堂　へい、承知島田は投げ島田、合点団子は羽二重《はぶたえ》で。こちとら、レパートリーは無尽蔵が自慢です。なあに、即興で間に合わせられるという意味でさあ。

滔天　そりゃ重宝だ。黄さんが惚れ込むわけだ。これで音曲も揃ったし、早速始めようじゃないか。卓さん、まずは劇の輪郭を説明願おうか。

卓　ある日、わたくしと秋瑾は革命に使う武器を芝浦まで運びました。そこから船で横浜港に送るのです。横浜から中国へ貨物船で。むろん、秘密の運搬です。

孫文　武器は何？

卓　鉄砲の弾です。

漱石　弾丸と剣舞と、どういう関係があるの？

卓　カモフラージュです。刀に弾丸を隠すアイデアは、秋瑾さん

槌　が思いつきました。

卓　刀が好きな彼女らしい。

漱石　（夏目に）女二人が運搬役なら警官も怪しむまいと。

卓　（うなずいて）お嬢さんと、ばあやですな。

ここに三十振《ふり》ほどの剣舞用の刀を載せた荷車がある、と思って下さい。荷車は若い男が引いている。革命留学生です。その男を連れ、わたくしたちは町なかを堂々と歩いて、芝浦に向いました。当然、娘の剣舞姿は人目につく。それがわたくしたちの狙いでもありました。では、滔天さん、お願いします。

滔天　（警官の声色《こわいろ》で）おいこら。おいこら。待て待て、待てと言うに。

卓　（老女の声色で）あたくしたちのことですか？

滔天　（以下、警官のつもり）お前たち以外に誰がいる。野良犬がうろついているだけだ。

卓　（以下、老女のつもり）犬を呼んでいるのだと思いました。こらという犬を。

滔天　けしからん。そんな恰好で一体どこに行くつもりだ。

卓　恰好を見ればおわかりでしょう。警察署に伺う恰好ですか？

滔天　いちいち癇に障る返事をするやつだ。訊いたことのみ答えればよい。

卓　（キッとして）無礼者。お嬢さまを何者と心得るか。下がりおろう。恐れ多くも正一位《しょういちい》……

滔天　えっ？　正一位？

卓　（もごもごと）稲荷社頭に鎮座まします（大声で）西の方陽関《かたようかん》三畳《さんじょう》さまのご息女秋子その人ですぞ。

滔天　はっ。してそのような高貴なおかたが、どうしてこのようなお姿で町を歩かれる。本官は役目柄お尋ねする。

卓　秋子お嬢さまは趣味で剣舞をお習いじゃ。今日はその発表会。田町の会場に出かけるところじゃ。あたくしは秋子お嬢さまが生まれて以来の付人《つきびと》じゃ。

滔天　してその荷車は？

卓　模造刀が三十振。陽関三畳家の提供で、会場にいらっしゃるご皇族のかたがたに、みやげにお配りする品。一振ごとに陽関三畳家の家紋が入っている。

滔天　剣舞の客に模造刀とは、これいかに？

卓　しれたこと。客は立派なご成人。剣舞用の玩具刀を、おみやげに差し上げるわけにいかぬ。

滔天　なるほど。一振、検査してよろしいか？

卓　お疑いなさるか？

滔天　お役目であります。

卓　では一振だけ、お前に選ばせる。ただし、抜いてはならぬ。白昼の町なかで、模造とはいえ刃物を改めて、万が一のことがあってはならぬ。主家の名を傷つけるようなことになったら、わたくしはお前をただでは置かぬし、わたくしはこの場で自害する。

滔天　そんな大げさな。なに、ちょいと見るだけですよ。

（普通の声で）と一振取りあげたのです。

卓　おお、重い。しかし、重さだけでは本身か居合刀か、見分けがつかぬ。

滔天　どうだろう、人の居ぬ間に、ほんの少しだけ抜かせてもらえまいか。刃を見れば、本物か本物そっくりの模造刀か、判断できる。

卓　（老女の声で）それほど疑うなら見るがよい。

槌　そして巡査は抜こうとしました。だが、抜けない。

卓　（普通の声で）抜けないはずです。柄《つか》と鞘《さや》を鳥もちできつく接着してあるのですから。

滔天　（老女の声で）抜けない？　そりゃまたどうしたことじゃ？　こちらが聞きたい。どうしたわけだ？　抜けない模造刀をみやげにするとは？

卓　召使いのあたくしが知るわけがない。てっきり、居合に用いる刀と思って運んできたのだ。お前の言うように、抜けない刀をもらった客は、ばかばかしくなって捨ててしまうかも知れぬ。お嬢さま、いかがいたしましょう？

槌　引き返すわけにまいらぬ。

卓　さようです、ここまで来て、みやげ如きで帰るわけにいきません。開場時間も迫っております。さあ、急ぎましょう。（普通の声で）という次第で、まずは第一回の関門を無事に通過しました。

漱石　卓さん、これは実話ですか？

卓　実際にわたくしと秋瑾さんは、こんな風に鉄砲の弾を芝浦まで運んだのです。

漱石　良家のお嬢さまが、早稲田から芝浦まで歩いて？

卓　不自然に見えるでしょうが、わざとそうしたのです。「変っているお嬢さん」に見せたかったのです。夏目さんの『草枕』の那美《なみ》です。あるいは『三四郎』の美禰子《みねこ》です。謎めいた行動をする女。そういう形にしないと、武器を運べないからです。

漱石　刀を銃弾の隠し場所にした、というと、鞘の中に詰めたわけですか？

卓　その通りです。グッド・アイディアでしょう？

孫文　秋瑾の思いつきだな。

卓　刀を抜いているうちに浮かんだようです。鞘の穴に。

滔天　で、その日の道中は、次から次へと邪魔が入った。そういうことだったな？

卓　ええ。二度目も巡査に咎められました。（三階堂に）はい、ここでミュージック。

三階堂　（歌い出す）

「アッカンベー節」（出久根達郎作詞）

国民は無知だから騙すのは朝飯前、

国民は単純だから煙に巻くのはお茶の子サイサイ、
国民は人を疑わないから白豆を黒豆と押し通し、
国民はおとなしいから踏んづけて腹ごなし、
ソイツはアカンベ、
アカンベ、アッカンベ。

孫文
卓　（巡査の口調で）ちょっと待て。
待てとおとどめなされしは。
孫文　昼日中、怪しい風体の娘さん。これがとどめずにおらりょうか。どうやら剣舞をなさるようだが、ひとつ、この場でひとさし舞って見せてもらおうか。
卓　お安い御用です。お疑いとあらば、本物の剣舞をご覧に入れましょう。

三階堂　（三階堂に）はい、詩吟をお願いします。

卓　（まごついて）えっ、詩吟。

三階堂　頼山陽の、「母を送る路上の短歌」、行きましょうか。

滔天　スミマセン。演歌は歌えるのですが、漢詩は、どうも。

私が歌おう。春先に田舎の母を京の都に迎え、冬に入って息子が母の還るを送る。迎えた時は、花の香が満ちていた道中だったが、今は霜雪《しもゆき》の寒さである。朝早く旅仕度を調え、母を輿《こし》にのせて子がそばについて歩く。子は足の疲れを母に訴えない。ただ母の輿の無事をのみ祈る。途中、茶屋で母に気つけの酒を一杯勧め、子もまた飲む。朝日が店に差し、霜も乾き始めた。

（注・説明のあと、最初から吟じてもよし。時間の都合なり）

東風に母を迎えて来たり、
北風に母の還るを送る。
来《きた》る時は芳菲《ほうひ》の路《みち》、
忽ち霜雪の寒さとなる。
鶏を聞いて即ち足をつつみ、
輿に侍して足槃跚《ばんさん》たり。
児《こ》は足の疲るるを言わず、
唯母の輿の安からむを計《はか》る。
母に一杯を献じて、
児もまた飲む。
初陽《あさひ》店に満ちて、
霜すでに乾く。
五十の児に七十の母あり、

此の福、人間《じんかん》に得《う》ることまさに難《かた》かるべし。

南去北来、人、織るが如し。

誰人《たれひと》か、わが児母《じぼ》の、歓びの如くなる。

（吟詠に合わせて槌は、剣舞をする。終って、漱石、拍手。孫文、三階堂も釣られたように拍手）

孫文　（巡査の口調で）いや、お見事。感服した。足止めをさせてしまい、申しわけない。悪く思わないでくれ。

卓　（普通の声で）というわけで、二度目も難なくパスしました。そして三度目、これは芝浦の近く、芝区本芝の交番で呼びとめられたのです。やはり、秋瑾さんが剣舞を舞って見せました。
（注・交番の語は漱石の「永日小品」で遣われている）

漱石　剣舞の威力は、大したものですな。

卓　巡査の訛《なまり》を聞いて、とっさに「白虎隊」を舞ったのです。

（注・「白虎隊」。作者は会津藩士の佐原盛純。明治四十一年歿。七十四歳）

滔天　（いきなり吟じだす）（槌、舞う）

南鶴が城を望めば、砲煙あがる。

卓　すると交番にいた二人の巡査が、急に泣きだしたのです。

滔天　通哭《つうこく》涙《なみだ》を飲んで且《か》つ彷徨す。

宗社《そうしゃ》亡びぬ我が事おわる。

十有九人、屠腹《とふく》してたおる。

卓　二人とも、会津出身の巡査でした。

孫文　（巡査の声色で）ありがたい。ありがたい。（むせび泣きながら）

あなたたちは、そうやって、我ら郷土の汚名を雪《すす》ぎ、維新の痛苦を労ってくれる。さあ、行きなさい、行きなさい。満場の観客に、会津の悲劇を認識させてほしい。東北の人たちが、いかに虐げられたか、まざまざと見せてほしい。我らの無念を、伝えて下さい。

三階堂

（歌う）

「落花の歌」（滔天作）

一将功成りて
万骨枯る
国は富強に誇れども
下《した》万民は膏《あぶら》の汗に血の涙……

卓

（漱石に）夏目さん、それからしばらくしたら、さっきの巡

漱石　査の一人が、わたくしたちを追ってきたのです。
槌　ニセ剣舞と、わかってしまったのですか？
漱石　いいえ。それがそうじゃなくって、激励だったのです。
孫文　激励？
槌　（巡査のつもり。槌の手を取って）大きな声では言えません。
卓　私はあなたの味方です。
孫文　何ですか？
卓　（キッとして）お嬢様に無礼を働くと、承知をいたしませぬぞ。
孫文　いいや。違う違う。私はあなたたちの正体は存ぜぬ。だけど、あなたたちがやろうとしていることに、ひそかに賛成だという意味です。応援しています。どうぞ私どもの仇をとって下さい。
卓　あたくしたちは……

孫文　わかっています。（小声で）政府転覆でしょう？　爆弾は派手すぎるから目立ちます。大逆事件がいい例です。日本人は、刀に限ります。今の政府は、腐っている。天誅をくらわすべきです。

三階堂　（歌いだす）

「いないいないバア節」（出久根達郎作詞）

選挙で選んだ議員さん
国利民福より私腹を肥やす
札束を数えて至福悦楽
度が過ぎ手入れを食い手が回る
そんな議員さんは
間違っても我が国には

いないいないバア。

政治が好きで好きで政治家になったお父さん
性事も好きで好きで五指に余るお妾さん
金も好きで好きで金の顔見りゃご機嫌さん
ワイロも好きで好きでそっちの技《わざ》も一か二か三
ワイフが怪しんで密告する
そんな夫婦はわが国には
いないいないバア。

卓

（説明調で）かくてわたくしどもの武器運びは、無事に終りました。わたくしと秋瑾さんはこんな風に、ある時は女学生に、ある日は人妻に、ある場合は商人のおかみさんに扮し、

滔天　中国人の同志を港まで送り届けたりしました。（漱石に）東洋子さんにも、手伝っていただきました。

孫文　そうそう。古本のセドリ師になって、みんなで神戸港まで黄興君を送ったことがあった。

卓　私が熊本に逃げていった時も、セドリ師に扮していた。あの時は面白かった。滔天君も一緒だった。

槌　本の間にピストルを隠してね。

卓　古本だと言うと、警察はろくに調べないんです。

漱石　それはそうよ。思想書じゃなく、九州関係の歴史書や資料ですもの。河杉書店に買上げてもらうためにセドった本ばかり。

卓　なるほど。それで東洋子さんは実家と東京を随時往復していたわけですか。

卓　むろん、あたくしどもは素人《しろうと》ですから、松吉さんにも同道願

って、セドリの手ほどきを受けながら、隠密《おんみつ》旅行をしており
ました。

槌　旅行といえば、孫さんが熊本の荒尾村に逃避なさっていた時
の、有名なエピソードも、寸劇に仕立てましょうよ。

卓　そうそう。「あれが一万円の顔か？」「一万円といっても、お
れたちと変らないね」の村人たちの会話。

（漱石に）一万円というのは清朝政府が孫さんにつけた懸賞
金のことです。匿《かくま》っていた槌が村の老人にうっかり話したら、
うわさが村中に広がってしまって。毎日、村人が垣の外から
孫さんをのぞきに来たんです。

漱石　よく密告されなかったですな。

孫文　日本人のすばらしさを知りましたよ。

槌　（滔天を示して）この人が突然連れてらしたんです。どんなよ

孫文　うにおもてなししたらよいのか、全くわからなくて、とにかくご馳走を出せばよいのだろうと、三度三度、刺身やウナギ鶏肉を出して。何を差し上げても孫さんは。

卓　オーライ。オーライ。

槌　はい、ミュージック。（と三階堂に）あら？

（いつのまにか消えている）

孫文　どこへ行ったのかしら？

卓　役割りを全うしたので退場したのでしょう。

滔天　役割りって？

槌　（浪花節調で）彼の言う所は簡にしてよく尽せり。

滔天　何よ。

（浪花節調で）孫逸仙は実にすでに天真の境《きょう》に近きものなり。彼何ぞその思想の高尚なる。彼何ぞその識見の卓抜なる。彼何ぞその抱負の遠大なる。而《しこう》して彼何ぞその情念の切実なる。わが国人士中《くにじんしちゅう》、彼の如きもの果して幾人《いくたり》かある。
（注・『三十三年の夢』より）

孫文　（笑って）私、荒尾村の刺身が、一番おいしかった。思いだします。

卓　（制して上手に）青。

（上手より声）天。（大島、登場）

卓　大島君、演歌師がいつの間にか姿を消したのよ。見なかった？

大島　さきほど、お店から出て行きました。や、暗いですね。（電灯をつける）

槌　勝手に帰っちゃったのね。

大島　黄興さんが、つけて行きました。

卓　　つけていったって、黄さん、どこに居たのかしら？

大島　隠れて演歌師の様子を見ていたんですよ。演歌師を泳がせていたんです。

滔天　なるほど。やつはスパイだったのか。黄君は証拠をつかむべく、知らぬ振りしてここに連れてきたのか。

大島　あの演歌師はここで何が行われていたか、仲間に報告するはず。あとをつければ仲間が何者たちか判明する、と黄さんはおっしゃっていました。

孫文　黄君一人では危いぞ。

大島　そこは抜かりはありません。黄さんはあらかじめ応援を頼んでいました。何人かで追跡しています。

漱石　大島君、店番は居るのか？

大島　黄さんの同志が好意で代ってくれてます。

卓　（漱石に）先生、せっかく佳境に入るところでしたが、不本意ながら幕のようです。中途半ぱの、寸劇になりました。でも、雰囲気だけは、おわかりでしょう？

漱石　面白かったよ。うん、不思議な夢を見ているようだった。

滔天　（浪花節調で）ああ世事人事、悟《さと》り来《きた》ればすべて夢なり。悟らざるも亦《また》夢なり。夢の世に夢を逐《お》うて、また更に新《あら》たなる夢に入る。

唱《うた》わんかな、落花の歌。奏《そう》せんかな、落花の曲。武蔵野の花も折りたし、それかとて、ああ、それかとて……

（注・『三十三年の夢』の末尾）

「落花の歌」（滔天作）

（合唱）四民平等無我自由、

万国共和の極楽を、
この世に作り建てなんと、
心を砕きし甲斐もなく、
計画破れて一場の、
夢のなごりのなにわ武士、
刀は棄てて張り扇、
たたけば響く入相《いりあい》の、
鐘に且《か》つ散る桜ばな。

(一同、思い思いのポーズで、しばし静止する。
たとえば漱石は腕を組み考えるポーズ。
たとえば槌は剣舞の一形態。
たとえば卓は居合のポーズ。

たとえば孫文は上野公園の西郷像のように。
大島は鉄砲を撃つ構え）

滔天　（朗詠）響きなば花や散るらん吉野山　心して撞《つ》け入相の鐘

大島　（興奮して）孫先生、滔天先生、これで清《しん》国の革命は成功まちがいなしですね。先生たちを捕まえようとする勢力も、めでたく一網打盡です。先生がたを苦しめる奴らは、もういません。いよいよ革命の旗揚げですね。孫先生。どうかこの私を清国に連れていって下さい。（卓に）妻も一緒にお願いします。

漱石　（鋭く）大島君、河東書店はどうするのだ。

大島　先生。店は閉めます。役目は終えました。

漱石　君は、何を言うのだ。

大島　先生。私は古本屋という商売を、誇りに思い一所懸命に営んできました。活字を、信じていたからです。書物は世界を動かす。人を傷つけない最高の武器と信頼したからです。それに違いありませんが、実際に世の中を動かすのは人間です。本は人間を養成する機器だったんです。私は本を売ったり読んだりする側より、本に書いてある理想を実行する一人になりたい。孫先生や滔天先生、卓さんとおつきあいしているうち、そのように思うようになりました。先生、小春主義です。

漱石　小春主義？

大島　ほら、渋柿がいつのまにか甘柿に変る。

漱石　小春主義は結構だが、革命は君の器では無理だ。人には任《にん》というものがある。適材適所というやつだ。孫文さんや滔天さんが、それだ。その道に向いていない者が、首をつっこめばケガをする。君は本を売っている姿が似合っている。

大島　先生は革命を認めないのですか？

漱石　認める認めないの話ではない。資格の問題だ。君には革命を仕掛ける資格が欠けている。面白がっているだけだ。

大島　先生はさきほど面白いとおっしゃいました。

漱石　私も面白がる側だよ。それでいい。革命が成功すると見通しがついたら、参加する。普通の人は大体こんな行動パターンだ。孫さんや滔天さんは特別だ。一般人が真似てはいけない。

卓　（皮肉に）わたくしも特別でしょうね。

漱石　そう思います。しかし軽蔑じゃない。逆です、尊敬です。卓さんは偉大に進化した。那古井時代とは比べものにならない。

卓　先生のお口にかかると、皮肉に聞こえます。

漱石　受け取る側の心のありようですよ。

卓　先生は進化したとおっしゃるけど、あたくし、自分では退化

漱石

と思っています。小説を書くことはおろか読むことさえも、しなくなりました。

だから進化ですよ。私は教師から小説家になった。明らかに退化です。最初のうちは、やましさから維新の志士のつもりで文学と取り組む、と公言した。命をかけて、小説を書く。実績はともかく、今でもその気持ちは変らない。

（孫文、滔天に）あなたたちの活動を、思いがけずこの場で知って、私は正直嬉しかった。

（滔天、卓、槌に）あなたがたのような日本人がいる。しかも私の身近に。どころか私の知りあいに。驚きです。

日露戦争に勝って、日本人の多くは世界の一等国になったと浮かれました。一等国の仲間になった、と喜んでいるなら、まだいい。戦争をすればどこにも敗けない、と不遜な考えを持つようになった。自信が高じて、天狗です。鼻高々の天狗。鼻持ちならない選良天狗。この意識で突き進めば、日本は亡びます。そんな中にあって、あなたたちの志。日本を亡ぼさないためには、まず隣国の窮地を救う。困っている人を助ける。国境も何も関係ない。これぞ一等国の人の思想です。私は感動しました。

滔天　（照れ笑い）好きでやっているんですよ。ほめられることじゃない。

漱石　いや。ほめられていい。ほめられなくては嘘だ。革命を考えることは誰にでもできる。でも最初に走りだす勇気は、特別の人に限られる。

（立ち上がって、次第に激してくる）私はこの夏、胃潰瘍で吐血し、人事不省におちいった。死の一歩手前、いや、いったんは死んだ。死んで甦《よみがえ》ったんです。あの世からこの世に生還して、私が得た思想は、人間は一人残らず死ぬという事実。肩書を百いくつ持っている者も、使いきれぬ金に囲まれている者も、いつか必ず死ぬのです。死ねば肩書も金も関係ない。私はうかつにも健康な時は、死を考えなかった。死んでみて初めて死を知ったのです。これからは死を念頭に置き生きようと思う。あなたたちが偉いのは、死を身近に感じながら、自分の存念を忠実に実行していること。仕事は異なっても、あなたたちは私の理想の生き方です。

滔天　(大声で) 漱石先生。いっそ私らと一緒に、清国革命に身を投じませんか。

漱石　(苦笑しつつ座る) 私は任じゃない。小説で私の理念を述べるだけです。小説家としても、私はもはや古いかも知れない。

大島　修善寺温泉で容態《ようだい》が安定したので東京に帰り、長与胃腸病院に再入院しました。東京を留守にしたのは二カ月ほど。この間に私の病気を診て下さっていた長与院長が亡くなっていました。死ぬはずだった私は生き、生きよと励ましてくれた院長は彼岸の人だった。もっと驚いたことがある。どうしても必要な物があったので、許しを得て病院から人力車で一度自宅に戻った。まあ、一時間ばかりの帰宅です。留守中に家のあかりが石油ランプから電灯に変っていた。早稲田界隈、電灯一つにつき一円の工事代で引けることになったのです。

漱石　浦島太郎の心境だった。

卓　先生。（笑いながら）世の進歩についていけませんか？

漱石　行こうとも思わないが、いやになる。浮かれる気分にはなれ

卓　ない。

漱石　いっそ、ご自分でお変りになったらいかがでしょう？

卓　変る？

漱石　あたくし、いろいろ変装しているうちに、確信しました。変る世の中に、遅れまいとついていこうとするから、疲れるんだ。相手の足の速さに合わせる必要はない。だけど、むざむざ置いてき堀になるのも癪の種、ならばこちらが変ればいい。こちらの変化に世の中をむしろ合わせさせればいい。

卓　卓さんが革命を志した、それが理念ですか。

漱石　そんな大げさなことじゃない、単純なんです。あたくし、いろんなことを試みました。男のように上手に吹けるように口笛を練習しましたし、小説も書いた。変ろうと努めました。

卓　そのあげく見つけたのは、変装でした。

漱石　陽関三畳家の老女ですか。

卓　これはその一つ。先生はお笑いなさるけど、別人に扮するのは楽しいですよ。外見が変れば、考え方も変ることを知りました。

漱石　あなたは芝居の醍醐《だいごみ》味を語っているのですか？

卓　違います。物の考えようです。先生は大病で一度お死になすった。そうおっしゃいましたね。いい機会だと思うのです。先生、生まれかわるのです。今までと違う夏目漱石に。いや、夏目金之助に。

漱石　意識では生まれ変ろうとしている。

卓　でも全く別人の先生ではありませんでしょう？

漱石　そりゃ無理だ。

卓　あたくしがお勧めするのは無理じゃないことです。先生、ヒゲを長く伸ばしただけで、意識が変化しますよ。自分を見る人の目の色が、変るからです。外見を変えるのが先決です。私は浪花節語りになったとたんに、人の難儀を引き受ける男伊達《だて》、立派な侠客に変身しましたよ。

卓　漱石先生、ここにお面やら付けヒゲやら眼鏡やら、いろんな変装の小道具が用意してあります。（と鏡台の脇の箱を指す）あたくしたちの寸劇の小道具ですけど、騙《だま》されたと思って、ちょいと顔をお作りになってみませんか。あたくしがお手伝いします。さあ、先生。座興のつもりで。（と道具箱を漱石の前に）

漱石　卓さん、私はあくまで傍観拱手だよ。（とその恰好）

卓　（クックと含み笑い）先生は真面目なかたなんだから。真面目すぎるのが、先生の難点です。

漱石　人のことは言えない。卓さんだって。いや、孫さんも滔天さんも槌さんも、私以上だ。

（突然、まっ暗になる）

大島　おや？　停電。いやになっちゃうなあ。電灯を取りつけてから、これで四度目ですよ。

槌　大島さん、マッチはどこ？

大島　ええと。ああ、皆さん、煙草はお吸いにならなかったんだ。台所に取りに参ります。

卓　（低く鋭く）待って！

（暗闇の中で声のみ）

もしかしたら、これは敵のしわざじゃなくって？　黄さん、追跡に失敗したのかも知れない。

槌　（低い声で）敵が私たちを捕えに来たということ？

卓　皆、早く変装して。時間が無いから面をかぶるだけでいい。素顔を敵に見せないこと。あたくしが、上手に言いつくろうから。

大島　しかし、変だな。うちだけじゃない。裏の家も、向こうの家もまっ暗だ。

卓　近所一帯、まっ暗にしたのよ。

滔天　敵さんのやりそうなことだ。

孫文　（クスクスと笑う）

卓　何です？　何かおっしゃった？

孫文　オナラをしたのです。

卓　豪傑ねえ。

（突然、電灯がつく）

（一同、思い思いの変装。

漱石はつけヒゲをつけている。
大島はヒョットコの面をかぶり、槌はオカメ、卓はお高祖頭巾、
滔天はクマモンのぬいぐるみ、等――）

大島　（それらの恰好で、静止。ややあって）
なんだ、やっぱり停電だった。（と面を外し）いやあ、皆さん、
化けましたねえ。

卓　本当だ。まさに、瓜ふたつ。先生、まあ鏡をのぞいてごらん
なさい。

滔天　（漱石を指さし）乃木将軍そっくりじゃありませんか。（と笑う）

漱石　ひやかしなさるな。（鏡を見て、びっくり）やあ、私は夏目金
之助でなく、乃木将軍だったのではないか。

卓　先生、生まれ変ったのですよ。

漱石　小説家から軍人にかい。

卓石　不思議はありませんよ。小説家は、なろうと思えば何にでもなれるのじゃありません？　女にだって、お茶の子じゃありませんか。

漱石　そりゃ小説家ならずとも、誰だって空想で変身できる。空想なら軍人になれるし、革命だってできる。あなたたちが偉いのは、現実の革命家であるということだ。物語の中の革命家は、ご大層な理屈をまくしたてるが、有益な活動はしない。せいぜい煽動家の役割だ。

孫文　漱石先生。先生はさきほど人にはおのおの任がある、とおっしゃられた。私たちは任を心得て行動すればよろしいわけで、その意味で先生にはよい小説を書いていただきたい。小説家が先生の任ではありませんか。

漱石　孫さん。実は私は今しがたまで迷っていたのです。大病し、

大島

漱石

一度死んで生還したら、小説というものがいやになった。人事の葛藤を書くのも読むのも馬鹿ばかしくなった。小説なんて他愛ない、吹けば飛ぶような無用の代物と思っていました。それがあなたがたの寸劇をこの桟敷席で楽しませていただいているうちに、気が変った。馬鹿ばかしさの底力を知ったのです。ナンセンスどころか、大いに意義がある。高踏的でないから、誰にも理解できる。これが大事だ。

先生も『吾輩は猫である』や『坊っちゃん』を書かれました。

そうなんだ。いつかあれらを低級なものと自分で決めつけるようになった。笑いのめすのでない、まじめな文学。命のやりとりをする維新の志士の気持ちで、文学と取り組む。それが理想だった。そうではないことを、あなたたちと会って知らされた。あなたがたは命がけで革命を志している。だが若い人たちに、しゃちこばって融通のきかない説教はしない。笑いのうちに理解させようと試みる。一本調子のスローガンは、通用しない。何事も笑顔で進めるのが一番。笑顔を警戒する者はいない。笑いこそが真理なんだ。

卓　先生、『吾輩は猫である』の続篇、『吾輩も猫である』を書いて下さい。

滔天　『吾輩と猫である』もいい。

（塀の外から、女学生の歌声「水師営の会見」）

「水師営《すいしえい》の会見」（佐佐木信綱　文部省唱歌）

旅順開城約なりて
敵の将軍ステッセル
乃木大将と会見の

所はいずこ、水師営。

（窓のナツメと小春の木に光が入り、二本の木がシルエットで浮かびあがる）

大島　来ました、来ました。先生、例のナツメの木です。「水師営の会見」という唱歌が、学校で歌われるようになりましたら、ここのナツメが有名になりましてね。子どもたちがやってきて、あれが唱歌の木だよって、塀の破れからのぞくんです。そして歌うんです。

漱石　日露戦争で旅順の城を落した乃木将軍に、ロシアの敵将ステッセルが和議を申し込んだ。水師営という所で二人が会見をする。それを歌ったものだね。

大島　先生、ほら。

（女学生の歌声）
庭に一本《ひともと》ナツメの木、
弾丸あともいちじるく
くずれ残れる民屋《みんおく》に
今ぞ相《あい》見る、二将軍。

漱石　（苦笑）私の、木か。

大島　先生、私はこの歌詞が好きなんです。

（女学生の歌声）
昨日の敵は今日の友、
語ることばもうちとけて、
我はたたえつ、かの防備。

かれは称《たた》えつ、我が武勇。

（女学生の歌声。くり返す）

庭に一本ナツメの木、
弾丸あともいちじるく
くずれ残れる民屋に
今ぞ相見る、二将軍。

漱石

（歌う）庭に一本ナツメの木。ナツメの金ちゃん。（独り言のように）弾丸あともいちじるく、か。手負いの金ちゃん、さあ、どうする。これから、どう進む。戦勝国日本の行く末を、ふところ手をして見守るか。ふところから手を出して、御節介をやくか。

どっちにしろ、庭に一本ナツメの金ちゃん、徒党を組む柄じゃない。あくまでも、広い庭にたった一本だ。一匹狼で生きていくしかあるまい。とすれば、やはり小説か。小説を武器にして生きていくしかあるまいか。

卓 先生。（歌う）「語ることばもうちとけて」ですよ。立ち上がるには、エネルギーが必要です。エネルギーは、やはり、恋じゃありません？　先生さえ異存なかったら、あたくし、先生に恋を申し込みます。先生は、お笑いなさるけど、あたくしは真剣ですよ。

漱石 恋という年でもあるまい、お互い。

卓 恋は年でするものじゃありませんわ。年ですって？　先生、あたくし、いくつだとお思いですか。七十五？　あれはお芝居。ほら。

（頭巾を外す。実齢よりも若い顔がある——白髪は黒く染めている）
（舞台はまっ暗。ややあって照明。出演者一同、思い思いのポーズで合唱）

合唱「わっはっは節」（出久根達郎作詞）
あきれて物が言えぬ
ワッハッハ　ワッハハハ
笑って笑いとばすのみ
何も持たぬ我等の
うっぷん晴らしは
笑って笑いとばすのみ

箸が転んだといっては笑い

カラスがないたといっては笑い
だけど笑いに罪は無い
笑わないこそおかしい
笑えないこそ変てこだ

タクアンを皿に盛る時
二切れにせよと宅が言う
一切れは人を斬ることだし
三切れは身を切ること
四切れは死にきれ
いずれも縁起悪いと

こじつけたら切りがない

人はそこまで深読みしない
うまいかまずいか
うまかったら三切れより
四切れがいい
四切れより
五切れがいい

ワッハッハ　ワッハッハ
ワッハッハ　ワハハ

――幕

大まじめな作者いわく

夏目漱石に一枚だけ、「ニコッ、と微笑した写真があって（「ニコニコ」という各界人の笑顔を集めた雑誌に掲載された。笑って下さい、と強要されて、無理に笑顔を作ったところを写されたという）、どことなく乃木希典《のぎまれすけ》に似ていて、昔から気になっていたのである。

乃木は陸軍大将で、明治天皇のご大葬当日に、夫人の静子と共に殉死した。漱石はその著『こゝろ』で、主人公の先生が自殺するきっかけを、乃木の遺書だとした。先生は親友と下宿の娘との愛を争い、親友を死に追いやる。その罪の意識から自殺を決意する。乃木将軍は西南戦争で敵軍に軍旗を奪われた。天皇に申しわけなくて、死のう死のうと思いながら生きてきた、と遺書につづった。

下宿の娘の名は、静《しず》という。これは、乃木静子を意識して命名したのだろう。乃木は遺書の中で、自分の死骸は医学校に寄付すると記した。静子もこのことは承知している、と書いた。漱石は鏡子夫人に、自分も死んだら大将のように医学生の役に立ててほしい、と遺言した。そのため夫人は門下生の反対を制して、そのようにした。大正五年という時代に、医者にみとられての尋常死なのに、東京帝大で病理解剖が行われたのである。漱石夫妻がいかに乃木夫妻の死に影響されたか。

よくよく調べると、漱石と乃木には共通項がいくつもある。蔵書の書き込みも、その一つ。二人とも著者と格闘しているような文句を、書きつけている。「何ダ」「ソンナ事ガアルカ」「当リ前ダ」「是ハ間違ナリ」……

漱石は、維新の志士が命がけで戦う精神で文学に挑む、と言った。軍人の乃木に親近感を抱いていたような気がする。

漱石と乃木を表裏一体にとらえた劇を書きたい、と考えていた。日本文学の真髄は、文武両道にある、と主張したいのである。まともに書くと偉そうな内容になるので、あえてファルス（笑劇）に仕立てた。

「庭に一本なつめの金ちゃん」、ふざけているようだが、作者は大まじめなのである。

「庭に一本《ひともと》なつめの金ちゃん」上演記録

上演

平成二十五（二〇一三）年十一月二十六日（火）
開演　午後六時
会場　熊本市民会館崇城大学ホール

平成二十五（二〇一三）年十二月七日（土）
開演　（昼の部）午後二時
（夜の部）午後六時
会場　新宿区立牛込箪笥区民ホール

主催　「庭に一本なつめの金ちゃん」制作上演委員会
熊本市文化事業協会

共催　熊本市／新宿区／熊本日日新聞社／一般財団法人熊本公徳会／RKK／KAB／熊本近代文学館友の会／熊本演劇人協議会

助成　（一財）熊本公徳会／（一財）熊本放送文化振興財団

特別協賛　熊本保健科学大学／㈱お菓子の香梅

後援　熊本県／荒尾市／玉名市／東京熊本県人会／NHK熊本放送局／KKT／FMK／FM791／熊本県日中協会／熊本県文化協会／上通商栄会／学校法人メイ・ウシヤマ学園／熊本県古書籍商組合／熊大五高記念館友の会／鎌倉漱石の會／くまもと漱石倶楽部／熊本アイルランド協会

キャスト

第一場（明治三十一年晩秋・熊本）

夏目金之助（のちの漱石）　三十二歳　石川　雅道
夏目鏡子　二十二歳　邑來　みほ
前田　卓《つな》　三十一歳　木内　里美
河杉書店主人　四十八歳　桑路ススム
娘・東洋子　十八歳　山本真由美
店員・大島　輝《かがやく》　二十一歳　沢村菊乃助
セドリ師松吉　三十二歳　川口　大介

第二場（明治四十三年暮れ・早稲田）

夏目漱石　四十四歳　石川　雅道
前田　卓　四十三歳　木内　里美
大島　輝　三十三歳　沢村菊乃助
宮崎滔天《とうてん》　四十一歳　桑路ススム
宮崎　槌　四十歳　邑來　みほ
孫文　四十五歳　川口　大介
黄興　三十七歳　沢村菊乃助
三階堂踊馬（演歌師）　伊勢利　茂

スタッフ

制作統括　大江　捷也
演出　堀田　清
舞台監督　五島　和幸
舞台美術　吉本　政弘
照明　色川　伸
音響　菊本　明
衣装　井芹　誉子
小道具　重岡　聖子
化粧着付　島崎三和子
民謡　福島　竹峰

バイオリン　黒葛原康子
わっはっは節（作曲）　北村　茜
剣舞指導　玉城　舟月
吟詠指導　森川　智徳

制作上演委員会

委員長　副島　隆
副委員長　小野　友道
企画　井上　智重
総括　大江　捷也
委員　秋元　俊郎
條　秀夫

小川　芳宏
村上　輝和
植田　義浩
山中　孟
和田　正隆

監査　田上　智宏

会計　相藤　克秀
本田憲之助

事務局　笹原　元子

ポスター原画　阪東　裕一

脚本　出久根達郎

古本綺譚　1985.11 新泉社（90.3 中公文庫、09.12『大増補古本綺譚』平凡社ライブラリー）

古書彷徨　1987.9 新泉社（94.12 中公文庫、03.11 ちくま文庫『古書彷徨』と『古書法楽』より選出して『古本夜話』として刊行）

猫の縁談　1989.3 中央公論社（91.8 中公文庫、03.5 埼玉福祉会［上下二冊］、09.6 中公文庫［改版新装］）

古書法楽　1990.2 新泉社（96.1 中公文庫）

無明の蝶　1990.10 講談社（93.8 講談社文庫、95.10 埼玉福祉会）

本のお口よごしですが　1991.7 講談社（94.7 講談社文庫）

＊1992（平成4）年第8回講談社エッセイ賞受賞

漱石を売る　1992.7 文藝春秋（95.9 文春文庫）

佃島ふたり書房　1992.10 講談社（95.7 講談社文庫、99.10 埼玉福祉会［上下二冊］）

＊1993（平成5）年1月13日第108回直木三十五賞受賞

むほん物語　1993.3 中央公論社（97.10 中公文庫）

あったとさ　1993.4 文藝春秋（96.6 文春文庫）

人さまの迷惑　1993.10 講談社（96.10 講談社文庫）

思い出そっくり　1994.3 文藝春秋（97.3 文春文庫）

落し宿　1994.5 中央公論社

あなたのお耳に　1994.11 講談社（97.11 講談社文庫『踊るひと』と改題）

四十きょろきょろ　1995.5 中央公論社（00.1 中公文庫）

面一本　1995.10 講談社（98.12 講談社文庫）

笑い絵　1995.11 文藝春秋（98.11 文春文庫）

波のり舟の―佃島渡《つくだのわたし》波風《いざこざ》秘帖《ひかえ》　1996.7 文藝春秋（99.7 文春文庫）

たとえばの楽しみ　1996.11 講談社（00.1 講談社文庫）

朝茶と一冊　1996.11 リブリオ出版（00.7 文春文庫）

お楽しみ　1996.12 新潮社

恋文の香り　1997.5 文藝春秋

逢わばや見ばや　1997.6 講談社（01.2 講談社文庫、06.5 埼玉福祉会［上下二冊］）

残りのひとくち　1997.11 中央公論社

みんな一等　1998.1 朝日新聞社

粋で野暮天　1998.1 リブリオ出版（01.7 文春文庫）

おんな飛脚人　1998.2 講談社（01.8 講談社文庫）

花ゆらゆら　1998.4 筑摩書房（01.10 ちくま文庫）

猫の似づら絵師　1998.9 文藝春秋

いつのまにやら本の虫　1998.10 講談社（02.1 講談社文庫）

えじゃないか　1998.11 中央公論社（02.9 中公文庫）

書棚の隅っこ　1999.1 リブリオ出版（02.9 文春文庫『人は地上にあり』と改題）

御書物同心日記　1999.4 講談社（02.12 講談社文庫、11.5 埼玉福祉会［上下二冊］）

倫敦赤毛布見物《ロンドンパンパン》　1999.6 文藝春秋

死にたもう母　1999.9 新潮社（04.4 角川文庫）

仕合せまんまる　1999.11 中央公論新社

紙の爆弾　2000.1 文藝春秋

風がページをめくると　2000.2 リブリオ出版（06.3 ちくま文庫）

漱石先生の手紙　2000.4 日本放送出版協会［NHK 人間講座テキスト］

（01.4 日本放送出版協会、04.7 講談社文庫）

土龍《もぐら》　2000.5 講談社（03.5 講談社文庫）

昔の部屋　2000.8 筑摩書房

漱石先生とスポーツ　2000.12 朝日新聞社

犬大将ビッキ　2000.12 中央公論新社（04.2 中公文庫）

秘画―御書物同心日記　2001.2 講談社（04.2 講談社文庫『続御書物同心日記』と改題）

犬と歩けば　2001.3 新潮社（04.10 角川文庫）

猫にマタタビの旅　2001.6 文藝春秋

本の背中 本の顔　2001.7 講談社（07.6 河出文庫）

書物の森の狩人　2001.9 角川選書

俥宿　2001.9 潮出版社（04.12 講談社文庫）

百貌百言　2001.10 文春新書

いの一番　2001.12 中央公論新社

二十歳《はたち》のあとさき　2002.1 講談社（05.1 講談社文庫）

嘘も隠しも　2002.4 富士見書房

虫姫―御書物同心日記　2002.6 講談社（05.6 講談社文庫『御書物同心日記〈虫姫〉』）

立志ふたたび　2002.10 新潮社

今読めない読みたい本　2003.3 ポプラ社

出久根達郎の人生案内　2003.7 中公新書ラクレ

安政大変　2003.8 文藝春秋（06.8 文春文庫）

昔をたずねて今を知る―読売新聞で読む明治　2003.12 中央公論新社（07.1 中公文庫）

＊2004（平成16）年12月第17回尾崎秀樹記念・大衆文学研究賞特別賞

世直し大明神―おんな飛脚人　2004.5 講談社（07.5 講談社文庫）

古本・貸本・気になる本　2004.8 河出書房新社

猫も杓子も猫かぶり　2004.8 文藝春秋

行蔵は我にあり―出頭の102人　2004.10 文春新書

まかふしぎ・猫の犬　2005.1 河出書房新社

かわうその祭り　2005.3 朝日新聞社（09.4 角川文庫）

養生のお手本―あの人このかた72例　2005.5 清流出版

あらいざらい本の話　2005.7　河出書房新社

随筆最後の恋文　2005.9 三月書房（05.11 百部限定特装本）

下々のご意見―二つの日常がある　2005.11 清流出版

本を旅する　2006.3 河出書房新社

隅っこの「昭和」―モノが語るあの頃　2006.6 角川学芸出版（15.4 草思社文庫）

逢わばや見ばや完結編　2006.11 講談社（09.11 講談社文庫）
本の気つけ薬　2006.12 河出書房新社
ぐらり！ 大江戸烈震録　2007.2 実業之日本社
（11.8 実業之日本社文庫『大江戸ぐらり
安政大地震人情ばなし』と改題）
作家の値段　2007.5 講談社（10.3 講談社文庫）
セピア色の言葉辞典　2007.10 文春文庫
萩のしずく　2007.10 文藝春秋
抜け参り薬草旅　2008.6 河出書房新社
古本供養　2008.12 河出書房新社
ときどきメタボの食いしん坊　2009.1 清流出版
御留山騒乱　2009.4 実業之日本社（14.8 実業之日本社文庫『将
軍家の秘宝―献上道中騒動記』と改題）
夢は書物にあり　2009.6 平凡社
春本を愉しむ　2009.9 新潮選書
七人の龍馬―坂本龍馬名言集　2009.12 講談社
乙女シジミの味　2010.4 新人物文庫
新懐旧国語辞典　2010.8 河出書房新社
作家の値段『新宝島』の夢　2010.10 講談社
古本屋歳時記―俳句つれづれ草　2011.5 河出書房新社
日本人の美風　2011.9 新潮新書
東京歳時記―今が一番いい時　2011.12 河出書房新社

一日一言366日—日めくり歴史名言集　2012.8 河出書房新社

人生の達人—いい「大人」のための人物伝　2012.12 中公新書ラクレ

隅っこの四季　2013.2 岩波書店

七つの顔の漱石　2013.5 晶文社

西瓜チャーハン　2013.6 潮出版社

名言がいっぱい—あなたを元気にする56の言葉　2013.9 清流出版

雑誌倶楽部　2014.2 実業之日本社

短篇集半分コ　2014.7 三月書房

＊2015（平成27）年3月第65回芸術選奨文部科学大臣賞文学部門受賞

本があって猫がいる　2014.9 晶文社

本と暮らせば　2014.12 草思社

人生案内—出久根達郎が答える366の悩み　2015.3 白水社

短篇集赤い糸　2015.5 三月書房

万骨伝—饅頭本で読むあの人この人　2015.9 ちくま文庫

幕末明治異能の日本人　2015.12 草思社

謎の女幽蘭—古本屋「芳雅堂」の探索帳より　2016.3 筑摩書房

桜奉行—幕末奈良を再生した男・川路聖謨《としあきら》　2016.11 養徳社

庭に一本《ひともと》なつめの金ちゃん　2016.12 三月書房

＊初刊の単行著書を刊行順に配列し、後刊の文庫版等は初刊本とあわせて掲げ、共著のたぐいは割愛した。（2016年12月現在）

出久根達郎
著書目録

山野博史

（関西大学法学部教授）

著者紹介

出久根達郎（でくね・たつろう）

1944年茨城県生まれ。92年『本のお口よごしですが』で講談社エッセイ賞、93年『佃島ふたり書房』で第108回直木賞、2004年『読売新聞で読む明治』で大衆文学研究賞特別賞。2015年『短篇集半分コ』で第65回芸術選奨文部科学大臣賞。主な著書に『古本綺譚』『おんな飛脚人』『猫の似づら絵師』『御書物同心日記』『安政大変』『かわうその祭り』『ぐらり！大江戸烈震録』『作家の値段』『萩のしずく』『日本人の美風』『七つの顔の漱石』『短篇集赤い糸』『桜奉行』他多数。

庭に一本《ひともと》なつめの金ちゃん

二〇一六年十二月十七日発行

著　者　出久根達郎

発行者　渡邊德子

発行所　三月書房

〒101-0054　東京都千代田区神田錦町3-14-3

錦町ビル202　電話・FAX　〇三-三二九一-三〇九一

振替東京〇〇一一〇-〇-五三二二五

印　刷　三協美術印刷　平河工業社

製　函　高田紙器印刷

製　本　ブロケード

ISBN978-4-7826-0227-0

小型愛蔵本シリーズ〈一九六一年〜〉（★印の本は在庫あり）

変奏曲	福原麟太郎	曲芸など	岡本文弥
鳥たち	内田清之助	犬と私	江藤　淳
芸渡世	岡本文弥	春のてまり	福原麟太郎
随筆冬の花	網野　菊	女優のいる食卓	戸板康二
諸国の旅	福原麟太郎	杏の木	室生朝子
ハンカチの鼠	戸板康二	百花園にて	安藤鶴夫
随筆おにやらい	巌谷大四	町恋いの記	奥野信太郎
女茶わん	佐多稲子	献立帳	辻　嘉一
ひそひそばなし	岡本文弥	角帯兵児帯	木山捷平
おもちゃの風景	奥野信太郎	港の風景	丸岡　明
旅よそい	円地文子	ひとり歩き	佐多稲子
袖ふりあう	壺井　栄	随筆父と子	巌谷大四
聞きかじり見かじり読みかじり	坂東三津五郎	望遠鏡	萩原葉子

歴史好き　池島信平
裸馬先生愚伝　石井阿杏
夜ふけのカルタ　戸板康二
おふくろの妙薬　三浦哲郎
食いもの好き　狩野近雄
わたしのいるわたし　池田弥三郎
大福帳　辻　嘉一
煙、このはかなきもの　木俣　修
スコットランドの鷗　大岡昇平
町ッ子・土地ッ子・銀座ッ子　池田弥三郎
仕入帳　辻　嘉一
軽井沢日記　水上　勉
たべもの草紙　楠本憲吉
わが交遊記　戸板康二

仁左衛門楽我記　片岡仁左衛門
寿徳山最尊寺　永　六輔
山麓歳時記　橋場文俊
木鋏　前島康彦
演劇走馬燈　戸板康二
句集花すこし　戸板康二
随筆花影　武田太加志
韓国・インド・隅田川　小沢昭一
句集汗駄句々々　岡本文弥
句集袖机　戸板康二
★句集ひとつ水　郡司正勝
能狂い　大河内俊輝
句集変哲　小沢昭一
歌集味噌・人・文字　岡本文弥

句集良夜	戸板康二
花明りの路	松永伍一
冬の薔薇	秋山ちえ子
句集ぽかん	岡本千弥
やくたいもない話	草市　潤
随筆百日紅	後藤　茂
随筆朝の読書	大河内昭爾
毎日が冒険	萩原朔美
随筆衣食住	志賀直哉
★卵と無花果	草市　潤
★水たまりの青空	丸山　徹
★本を肴に	尾崎　護
★随筆玉手箱	松永伍一
★随筆看板娘恋心	白石　孝
★鉱山のタンゴ	秋元勇巳
随筆井伏家のうどん	大河内昭爾
随筆ひとり芝居	島田正吾
随筆下駄供養	草市　潤
随筆最後の恋文	出久根達郎
★幻花	辻井　喬
★顎の話	草市　潤
狐のかんざし	花柳章太郎
★随筆よだりとよだれ	草市　潤
★歌集悲しき矛盾	小野葉桜
★句集仙翁花	松本幸四郎
★かえらざるもの	大河内昭爾
★わが浮世絵	高橋誠一郎
母のおなかできいた矮鶏のなきごえ	草市　潤

★息子好みの父のうた　草市　潤編

★青きそらまめ　草市　潤

★随筆東西南北　草市　潤

★日日がくすり　草市　潤

★短篇集半分コ　出久根達郎

★ずっこけそこない話　草市　潤

★短篇集赤い糸　出久根達郎

★随筆美の詩　後藤　茂

★蜻蛉の夢　尾崎　護

★庭に一本なつめの金ちゃん　出久根達郎

好評発売中の小型愛蔵本

短篇集　半分コ
出久根達郎
二三〇〇円＋税
人生半ばを迎えた主人公たちがふと過ぎし日を想う時——懐かしくほろ苦い16の短篇集。平成26年度芸術選奨文部科学大臣賞受賞作。

短篇集　赤い糸
出久根達郎
二三〇〇円＋税
江戸に生きる市井の人々の、泣いて笑って貧しいながらも懸命に明るく生きる姿を、小気味よい江戸言葉にのせて描く11の人情ばなし。

蜻蛉の夢
尾崎　護
二五〇〇円＋税
日本財政を支え続けた著者の、誠実な人柄と瑞々しい感性が織りなす読後感爽やかな随筆に、俳人黛まどか氏の四句が彩りを加える。

随筆　美の詩
後藤　茂
二二〇〇円＋税
衆院議員を6期16年務める傍ら美術・文学に造詣が深く、多くの芸術家と親交があり文人政治家とも呼ばれた著者、最後の美術随想。

幻花
辻井　喬
二三〇〇円＋税
「花」「旅」「幼い光景」をテーマに選んだエッセイ42篇に、単行本初の収載となる掌編小説「恋物語」5篇を加えた随筆集。